U0621513

十一月十四 著

烟花陷阱

Fireworks Trap

广东旅游出版社
GUANGDONG TRAVEL & TOURISM PRESS
悦读书·悦旅行·悦享人生
中国·广州

连第一次系领带都是我亲自给你系的。

你人生中第一对袖扣、第一套西装、第一条领带都是我送的，

他是一块璞玉，毫无瑕疵，未经雕琢，未经修饰，纯真又美好。

魅丽文化

图书在版编目（ＣＩＰ）数据

烟花陷阱／十一月十四著．—广州：广东旅游出版社，
2023.9（2025.3 重印）
ISBN 978-7-5570-3031-5

Ⅰ．①烟… Ⅱ．①十… Ⅲ．①长篇小说－中国－当代
Ⅳ．① I247.5

中国国家版本馆 CIP 数据核字（2023）第 065983 号

烟花陷阱

YAN HUA XIAN JING

出 版 人：刘志松
总 策 划：曾英姿
责任编辑：梅哲坤
责任校对：李瑞苑
责任技编：冼志良

广东旅游出版社出版发行
地址：广州市荔湾区沙面北街 71 号首、二层
邮编：510130
电话：020-87347732（总编室）　020-87348887（销售热线）
投稿邮箱：2026542779@qq.com
印刷：湖南天闻新华印务有限公司
　（地址：湖南望城湖南出版科技园　电话：0731-88387578）
开本：880 毫米×1230 毫米　1/32
字数：155 千字
印张：9
版次：2023 年 9 月第 1 版
印次：2025 年 3 月第 3 次印刷
定价：49.80 元

【版权所有 侵权必究】

本书如有错页倒装等质量问题，请直接与印刷厂联系换书。

Contents

目录

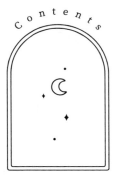

C o n t e n t s

第一章

人形挂件

乔落家里，父母是舞蹈艺术家，拿过国际大奖的那种；外公是书法艺术家，一幅字几十万的那种；姑妈是作家，著作全国畅销的那种。

所以乔落的艺术细胞大概是家族遗传的，从小，乔落在唱歌跳舞方面都是同龄人中的佼佼者。

乔爸爸是非常浪漫又绅士的人，乔家家庭氛围温馨和谐，和邻居的关系也非常和睦。

乔家隔壁住着一位老爷爷，姓傅，常年独居，看着像是没什么亲人。

于是，逢年过节乔家夫妇就会邀请傅老爷子来自己家中，免得一个人孤孤单单的。

乔落从小就和傅爷爷非常亲近，毕竟他父母总是很忙，有时候甚至要出国演出。他就经常去傅爷爷家玩，又唱又跳，把傅爷爷和自己都哄得非常开心。

乔落三岁半的时候开始上幼儿园，因为他喜欢跳舞，乔爸爸和乔妈妈就给他报了那种注重艺术培养的私立幼儿园。

跳舞这件事，乔落练的是童子功，在他立都立不稳当的时候，乔爸爸就帮他压腿拉筋了。

自然，乔落每天都会被老师表扬。

回家之后，乔落就会跟傅爷爷卖乖："落落今天又被老师表扬啦！"

某天放学，乔落被家政阿姨接回来，自己家门都没进就跑到了隔壁，喊着："傅爷爷！落落放学啦！"

他一进门，就看见了一个个子高高、人"踅踅"的小哥哥。

傅爷爷笑着把乔落拉过去，介绍说："这是我孙子，落落要叫哥哥。"

三岁的小乔落眨巴眨巴眼睛，乖乖地叫："哥哥好，我是乔落，你叫什么呀？"

看着糯米团子似的白白净净的一个小人儿一点也不认生地看着自己，七岁的傅识舟刚到陌生环境为了自我保护而摆出的冷脸转过去一点，非常不情愿地说："傅识舟。"

小糯米团子于是从傅爷爷身边蹭到傅识舟跟前，伸出软乎乎的手去拉他的衣角，喊道："舟舟哥哥。"

傅识舟板着脸看了这个小豆丁一会儿，一开始没想搭理他，但是无奈对方那双无辜又可爱的大眼睛实在招人，最后只好"嗯"了一声作为回应。

看傅识舟这冰坨子似的态度，傅爷爷怕小乔落不开心，说："落落过来，哥哥才刚来，和你不熟悉呢。"

乔落认真地看了看傅爷爷，又认真地看了看傅识舟，伸出小手从身后的小熊猫书包里掏出一根棒棒糖，献宝似的递给傅识舟，说："舟舟哥哥，落落给你吃糖，这样你就和落落熟悉啦！"

乔落才三岁，矮矮的，跟小蹦豆儿似的。偏偏傅识舟长得快，身高在同龄人之中很突出。

于是，乔落根本就够不到傅识舟拽着自己书包带子的手，一下就委屈了，可怜巴巴地讨好他："糖……给你嘛，很好吃的。"

傅识舟用舌尖舔了舔自己的蛀牙，思考了一分钟，终于俯身接过那根棒棒糖塞进嘴里。

傅识舟接过的根本就不只是一根棒棒糖。

他的人生中，随着这根棒棒糖的出现，多出了一个人形挂件。

傅识舟要上小学，家里已经给他办好了入学手续，但是他刚来这边，还不是很熟悉路。而且，傅识舟虽然看着稳重，但到底是个孩子，傅老爷子不是很放心，便打算自己接送他。

乔爸爸本来想帮忙，却没想到乔落抢在所有大人出声前对傅识舟发出了邀请："舟舟哥哥可以和落落一起上学。"

他背着一个小熊猫书包，小脸又白又嫩，大眼睛水灵灵的，充满期待地看着傅识舟。

然而，傅识舟不识好歹地说："你是上幼儿园，我上小学，我们不能一起走。"

乔落受到了打击，"哦"了一声，非常非常委屈地看着乔爸爸，说："爸爸，我也想上小学。"

谁也没想到乔落会这么黏这个才认识一周又对他很冷淡的小哥哥。

乔爸乔妈和傅爷爷乐死了，拍着乔落的小脑袋跟他解释他年龄不够，不能上小学。

不过反正乔家是开车接送乔落上学放学，带上傅识舟也是顺便的事儿。

乔落挨着傅识舟一起坐在车后座上，手脚并用地往人家身上爬，非常认真地嘱咐："舟舟哥哥你等等我，我长大一点就可以和你一起上小学了。"

乔家父母接送两个人上学放学的顺序是上学的时候先送傅识舟，放学的时候先接乔落。

人形挂件乔落每天都会挥舞着自己白白嫩嫩的小爪子喊"舟舟哥哥晚上见""舟舟哥哥！落落在这里"。

有时候傅识舟的班级有点什么事情，放学晚一点，乔落等急了，远远看见傅识舟从校门口出来，就会跟个炮弹一样冲到他怀里，撒娇说："落落等了好久，舟舟哥哥抱。"

傅识舟一脸漠然地拒绝："你已经是大孩子了，不可以随随便便要别人抱。"

不抱就不抱呗，这个时候乔落就会去拉傅识舟的手，口里念念有词："拉手手哦，不然落落会走丢的！"

傅识舟无言。

傅识舟被人家父母接送上学放学，觉得自己要知恩图报，只好反手拽住那只比自己的手小好多的小手，目视前方，看都不看小糯米团子，道："快回家，我要写作业。"

每当这个时候，从学校门口到马路对面这一段路，乔落就会走得昂首挺胸，恨不得让整个学校的人都知道傅识舟是他哥哥，特别骄傲。

为了和傅识舟一起上小学，乔落眼巴巴盼了四年，好不容易他可以上小学一年级了，却发现傅识舟都上六年级了。

乔落掰着小手指算了半天，委屈巴巴地问傅识舟："舟舟哥哥，你怎么少上一年级？"

傅识舟没搭理他，写完作业就跟同学出去玩了。

乔落只好又去问傅爷爷，这才知道傅识舟上三年级的时候跳级了。

这还不算，乔落虽然在艺术方面的天分远超同龄人，但他学习成绩也就一般般，甚至上一年级的时候还曾经吊车尾，跟不上老师的进度。他跟不上进度还要哭鼻子，乔爸爸和乔妈妈只好让他又读了一年一年级。

于是，乔落读一年级的时候，傅识舟上初一，乔落上初一的时候，傅识舟已经考上大学了。

乔落简直委屈得不行，奈何事实就是如此。

傅识舟从小成绩就非常好，但是乔落成绩一直不行，中考的时候，他一度以为自己考不上本校的高中部。

等成绩出来，发现自己踩着录取线考上了，乔落欢喜得直蹦，给傅识舟打电话讨赏："我考上你的高中啦，爸爸妈妈说今天去外面吃饭，还要叫上傅爷爷，你来不来啊？"

傅识舟冷漠地说："这有什么好高兴的，不去。"

这难道不值得高兴吗？乔落委屈了，沉默了好一会儿，"哦"了一声，惨兮兮地说："那好吧，我挂电话了。"

傅识舟抓着电话不自在地咳嗽了一声，挤出来一句："喀，那什么，恭喜你，挂吧。"

说完，他自己把电话挂断了。

这声敷衍的恭喜没能拯救乔落的心情，乔落晚上吃饭的时候都闷闷不乐。

傅爷爷最先明白过来，不动声色地哄乔落："识舟说他最近忙着毕业实习，回不来，让我给落落定个蛋糕庆祝一下，我忘了说了。落落，这个蛋糕是你舟舟哥哥送你的哦。"

乔落都十六岁了，不像三岁那会儿那么好骗，心里明白这蛋糕和傅识舟半毛钱关系也没有，但仍旧舀了一大口吃下，说："谢谢傅爷爷。"

乔妈妈乐道："识舟都读大学了，我还以为俩孩子经常见不着面，要疏远了。"

傅爷爷说："咱们落落从小就爱黏着识舟，挺好的，以后也好有个伴。"

接着，他又看着乔落说："是不是啊，落落？"

然而乔落委屈地想：他又不待见我。

吃完饭回家，乔落看见傅爷爷家门口停了一辆车，眼熟得很，和傅识舟那辆一模一样，透过挡风玻璃还能看见一个尾巴特别大的小恐龙挂件挂在那儿。

乔落可太熟悉这个恐龙挂件了，因为这是他本人亲自挑选购买的。

那是傅识舟上大二那年，他刚考了驾照买了辆车，汽车牌照还没下来，乔落就立即跑去挑了个挂件塞给他，还说："这个恐龙尾巴长，傅爷爷说我是你的小尾巴，小尾巴不能跟着你，你看到这个恐龙挂件可要想到我啊。"

　　当时傅识舟黑着脸拒绝："很丑。"

　　乔落不害臊地说："落落可爱，你又不能带走。哎呀，它和落落比是很丑，但是它有尾巴啊！有尾巴！"

　　傅识舟一脸看傻瓜的表情，说："人家车里挂晴天娃娃和出入平安的挂件，我挂这个巨丑无比的恐龙？我那是新车！乔落你怎么想的？"

　　乔落把恐龙挂件收了回来，仔仔细细看了好几眼，声音软乎乎又委委屈屈："很丑吗？"

　　傅识舟吐槽完，好歹把挂件收下，说："算了算了，给我吧。"

　　按傅识舟当初那嫌弃的模样，乔落以为这挂件多半是要被他塞到哪个角落里不得见天日了，没想到他真的挂上了。

　　乔落立即兴奋了，跟三岁时接傅识舟放学那会儿一个姿势，冲进屋里一头扎到傅识舟怀里："你回来了！"

　　这会儿乔落个头也有一米七了，不再是小时候那个糯米团子了，这一撞差点把傅识舟给撞个趔趄。

傅识舟稳住身体后瞪乔落："你能不能安生点？"

乔落跟撒欢的小狗似的："我想你了嘛。"

傅识舟差点被他气死，心道：这小崽子怎么回事？哦，考上高中了就可以没大没小了是吧？小时候一口一个"舟舟哥哥"，现在就不叫了是吗？！

亏得自己实习材料准备到一半的时候想起来他在电话里可怜兮兮的语气，特意赶回来！

傅识舟冷着脸让乔落站好，也不搭理他，转头看傅爷爷和乔爸爸乔妈妈的时候表情就温和礼貌多了，开口道："叔叔阿姨，落落考得挺好的，恭喜。"

乔爸爸还没说什么，乔落的小脑袋就钻了出来，脸上就差没直接写"夸我"两个大字了。

傅识舟沉默了一会儿，拽了一把乔落的衣领，说："跟我上楼，有东西送你。"

乔落立马黏上去，就差没直接挂傅识舟后背上让傅识舟背着他了。

他回头跟自己爸妈说："我住下！我住这里！"

这属于常规操作，乔爸爸乔妈妈熟悉得很。

自从傅识舟上了大学，寒暑假或者傅识舟偶尔回来看望傅爷爷的时候，就别想乔落回家了，他一准儿要黏在傅识舟这里。

于是，乔爸爸和乔妈妈就回去过二人世界了。

没了大人在，乔落撒欢更是无所顾忌。

他蹭着傅识舟不撒手，嘟嘟囔囔地抱怨："你怎么老不回家啊？"

傅识舟心道：还在你啊你的！

傅识舟更生气了，扫了乔落一眼，给了他致命一击："我暑假也不回家。"

乔落傻眼了："啊？那我怎么办？"

傅识舟看着他，没说话。

乔落立刻变得委委屈屈，说："我妈说今年暑假要带我出去旅游，我还想让你和我一起呢。"

傅识舟不理他那套，弯腰从书柜下面翻出来一个大箱子，摆在乔落脚边，拒绝他的邀请："不去。"

然后，他打开箱子，里面是摆得整整齐齐的笔记本和一本厚厚的、崭新的书。

傅识舟平静地道："这些是我以前的学习笔记，你上高中可以参考。还有这本书是我给你挑的礼物，庆祝你考上重点高中。"

乔落生无可恋——那是一本著名的《5年高考3年模拟》。

乔落觉得，自己大概能理解傅识舟收到那个恐龙挂件的心情了——简直想和对方打一架。

但是傅识舟好不容易回来一趟，他又舍不得跟对方吵架，只能悲愤地问："傅识舟，你是故意的，对吧？"

他不想跟傅识舟吵架，但是傅识舟想打他了。

这小崽子是翻天了是吧？不叫哥哥也就算了，现在还敢连名带姓地叫他！

傅识舟看着乔落的小脸，气也没处撒，小崽子正一脸委屈地看着他。傅识舟确定以及肯定，只要他说一句重话，这小崽子就能哭给他看。

于是，傅识舟只能气不顺地说："你好好学习。"

乔落把书扔在傅识舟的床上，撇撇嘴，提条件："好好学就好好学，但是你暑假要回家陪我玩。"

傅识舟耐着性子忍着气，问："我陪你玩什么？你自己没朋友？我在你这么大的时候就愿意和同学出去玩，你天天黏着我做什么？"

乔落立即一口大锅给傅识舟甩了过去："我没朋友，我小时候光黏着你了，认识的都是你的朋友。"

小崽子是故技重施，这次还随口撒谎。

傅识舟高中毕业那会儿，一帮人要去 K 歌。

这个时候乔落正好小学毕业，整天混在傅家，立即就闹着要跟去，用的理由是：我从小黏着你，没有别的朋友。

放在当时，这是实话。

乔落上幼儿园那会儿，由乔家父母接送傅识舟和乔落两个人，他们俩基本上是一起上学，一起放学。

放学了，傅识舟要写作业，乔落倒是乖得很，自己劈个一字马，老老实实在旁边看傅识舟写作业。

等傅识舟写完作业，乔落就会"噌噌噌"地钻到傅识舟怀里，仰着他当时还跟个糯米糍似的圆圆的脑袋，乖乖巧巧地问："舟舟哥哥可以陪落落看动画片了吗？"

傅识舟当然不会同意："不可以。"

乔落戳着自己的小脸，非常不害臊地说："落落这么乖，落落这么可爱，落落陪舟舟哥哥写作业了。"

傅识舟却跟一个小屁孩较劲，说："你可以选择不陪我。"

乔落伸出胳膊搂住傅识舟的脖子，确认自己能挂在傅识舟身上了之后，认命地说："好吧，不管舟舟哥哥去干什么，带着落落就好。"

舟舟哥哥还能去干什么呢？

舟舟哥哥只能陪小屁孩在家里看动画片，脸臭到生人熟人都难以靠近。

傅识舟简直不忍回顾那几年的生活，在同龄人都在玩游戏机的时候，他只能陪着小豆丁在家看幼儿动画片。那动画片的内容，简直就是在侮辱他的智商。

但是傅识舟就这么硬生生陪了乔落五年，他说服自己的理由是感谢乔家父母接送他上学放学，直到他上初中了、不需要乔家接送了。

准确地说，是乔落的兴趣终于不再是看动画片了。

上了小学以后，乔落也曾交过几个朋友。

但是，放学之后同学邀请他回家一起玩游戏机，乔落却说："我舟舟哥哥玩游戏机比较厉害，我回家玩。"

朋友邀请他周末去小公园放风筝，乔落说："我周末出去疯玩舟舟哥哥要骂我的，我得报备一下。"

他过生日，邀请了同学来家里，结果他全程寸步不离地跟着傅识舟，嘴里嘀嘀咕咕："落落的生日礼物呢？舟舟哥哥你到底准备了没有嘛。"

他张口闭口都是"舟舟哥哥"，于是没人爱跟他玩了。

傅识舟的朋友倒是都熟悉乔落，看见乔落还会调侃傅识舟："哟，你家小尾巴又跟着来啦？"

鉴于乔落非常乖巧可爱，傅识舟的朋友都很喜欢他，还特别爱逗他："来，罩子哥给你买冰激凌吃。"

这个时候，傅识舟就会黑着脸把自己的挂件拽回身边，严肃道："不许吃，否则肚子疼了又要闹。"

罩子只得眼睁睁看着乔落恋恋不舍地将目光从冰激凌上移开，卖乖地讨好傅识舟："我没有吃。"

放在傅识舟高中毕业那会儿，乔落说自己没别的朋友，傅识舟是信的。

然而现在，傅识舟高中毕业都三年了，他把这尾巴放家里三年了。三年！乔落一个新朋友也没有，骗谁呢？！

傅识舟可是集小学跳级、中学前十、高考状元于一体的神级选手，怎么能被一个擦边考上高中的小崽子给忽悠了。

他张口刚要反驳，就听见乔落掰着手指头数："罩子哥、小胖哥、子恒哥……"

乔落每数一个，傅识舟的脸就黑一点。

都是哥是吧？就他成了硬邦邦的"傅识舟"？！

傅识舟深呼吸，再深呼吸，然后口气生硬地打断乔落的"唐僧念经"："你这些哥哥都上大三了，暑假没人回来，你想找人玩，就剩我一个。"

乔落对于自己一串念叨快把傅识舟给气死了这件事毫无所知，乐颠颠地在傅识舟床上打了个滚，道："有你一个就够了。"

傅识舟一巴掌拍他屁股上，凶巴巴地道："起来，洗澡去。"

乔落见杆就爬，蹬鼻子就上脸，两条细长的小白腿把人家的被子踢得一团糟，说耍赖就耍赖："不去不去就不去。"

傅识舟扫一眼自己乌七八糟的床，阴恻恻地威胁："不去？"

乔落把枕头捂在自己脸上，继续祸害人家的床，还朝人家做鬼脸："不去。"

小崽子上天了，不收拾是不行了。

傅识舟把自己的枕头拽过来扔到一旁，顺手把人也拎起来，道："我看你是忘了五年级的时候被我扔到浴缸里的事情了。"

一个晴天霹雳猛然把乔落给劈醒了。

乔落一个鲤鱼打挺爬起来，老老实实穿上拖鞋，灰溜溜地去了浴室。

傅识舟说扔，那是真的扔，扔完还会把人衣服给扒了，动作十分粗暴。

五年级的乔落除了觉得自己像只要被拔毛的鸡以外没别的感觉，但是十六岁的乔落已经知道不好意思了。

第二章

快乐暑期

乔落的暑假如期而至。

因为他考试成绩好，乔爸爸乔妈妈奖励他，带着他去欧洲玩了一圈。

一开始的时候，乔落非常想让傅识舟陪他一起去，但是傅识舟的的确确没有时间，他就只能自己跟着爸妈上了飞机。

第一天，乔落晕机，外加有点水土不服，落地之后就吐了个天昏地暗，小脸蜡黄，只能先回宾馆休息。

乔落歪倒在床上，用吸管一点一点地喝淡盐水，并忧伤地给傅识舟发微信甩锅："就怪你不来，我都生病了。"

乔落小身板确实脆弱，一场感冒都能把他击倒在病床上。小时候他每次生病，傅识舟必定在他身边，虽然不会搭理他，但是会一直拉着他的手。

这是第一回，他生病了，舟舟哥哥不仅没有陪他，还跟他分隔这么远。

傅识舟的消息回复得倒是很快："怎么了？"

乔落打字发了句"我难受"，还配了个"委屈"的颜文字。

接着，他又得寸进尺地发："想听你说话。"

傅识舟沉默了一会儿，给他打了微信语音电话。

蔫蔫的乔落接通电话后就把手机扔到一旁，开着免提跟傅识舟讲话。

他一生病声音就特别软特别腻，委屈地撒娇："舟舟哥哥，等我回去能不能去找你呀？"

就为这个称呼，傅识舟生了好几天闷气了。这会儿，那个没大没小的小崽子生病了，声音软软地叫一声"哥哥"，傅识舟瞬间气就消了。

但是他还绷着，不咸不淡地"嗯"了一声，说："好好休息。"

乔落撒娇道："你哄哄我。"

要是俩人在一处，这个"哄"的方法傅识舟会特别熟悉——给他擦擦小脸，喂点水，攥着他的小手哄着他睡觉就行了。

但是问题来了，他们俩现在不在一处。

傅识舟噎了一下，不太自然地说："去睡觉。"

乔落撒起娇来那是要命的，哼哼唧唧地说："我难受，睡不着嘛。"

他又带着隐隐约约的哭腔小声嘀咕："舟舟哥哥，你哄哄我嘛。"

傅识舟一听这哭腔头都要炸了，他都能想象出乔落用含着泪的大眼睛委委屈屈地望着他的样子。

他把签字笔扔到一旁，起身去了走廊，语气不太自然地说："不许哭。"

乔落没哭，就是胃里难受，听完这三个字立即不干了："你凶我。"

傅识舟按着自己太阳穴道:"我没有。"

乔落想了想,提要求说:"那你跟我说'落落乖,从国外回来舟舟哥哥就去陪你'。"

他软着声音拖着调子央求:"你快点说嘛。"

傅识舟深呼吸一口气,只吐出来两个字:"你乖。"

乔落满足了,强调了一遍"你答应了我回国就可以去找你",这才放过傅识舟。

乔爸爸买了药回来的时候,乔落已经心满意足地睡着了。

乔妈妈跟自己老公嘀咕:"咱家孩子要是个女孩儿,就把她嫁给傅家小子得了。"

她抬抬下巴指了指乔落:"刚跟人家打了个电话就不闹腾了,乖乖睡觉了。"

傅家小子这会儿在干正事。

他和几个同学做了个小游戏出来,反响不错,已经有游戏公司看中了,他们正在跟游戏公司谈合同。

游戏公司派来的是他们一个师兄,谈合同的氛围挺融洽的。

等傅识舟回来,师兄还调侃他:"什么朋友?"

傅识舟差点被自己的口水呛死,无奈地说:"家里小孩儿,生病了，闹我。"

他同学先惊讶了："不是，老傅，你有孩子了？"

傅识舟："呃……我弟。"

也不知道哪里来的炫耀感，一向话不多的傅识舟说完又补充了一句："他从小就黏我，生病了我没在跟前，不高兴呢。"

不高兴的某个小孩得到了来自舟舟哥哥的别别扭扭的安抚，舒舒服服睡了一觉，第二天就生龙活虎了。

他第一回出国，又正是爱玩的年纪，什么都觉得新鲜。他脖子上挂着台相机，蹦蹦跳跳地拍了一路。

于是，傅识舟的手机就断断续续地振动了一天——准确一点说，是大半宿。

乔落把手机和相机连上蓝牙，照片同步，一个地方他能拍七八张照片，然后挑一张最好看的，立即给傅识舟发过去。

傅识舟一张一张仔仔细细地看了，然后点了保存，还给照片分了组，这才给乔落回复消息："不许发了。"

乔落飞快地发了个"惨兮兮"的表情包，问："为什么不许发？"

傅识舟："不好看。"

乔落拿着手机"咔咔咔"给自己拍了好几张照片发过去，问：

"那这个好看吗？"

傅识舟无言。

乔落又来劲了，连着发了三条"好不好看""好不好看""好不好看嘛"。

傅识舟心说自己招惹这个小崽子干吗，然后威胁说："好好走路，免得摔跤了又要跟我闹。"

乔落不依不饶，坚决不让傅识舟把话题岔开："快说，落落好不好看！"

过了能有半个小时，傅识舟都没搭理他。

一直到乔落都快忘了这茬的时候，手机才提示有消息发过来了。

是傅识舟的回复："好看。"

然后，乔落真的摔了一跤。

对于自己的容貌，乔落还挺有自信的，然而他每次缠着傅识舟问这个问题，傅识舟都不搭理他。

只有一回，就是上五年级时乔落被傅识舟扔浴缸里那回。

那天他在外面踢足球，第一次尝试，摔了好几跤，到家跟只泥猴子似的，还非常不讲究地靠近傅识舟。

结果就是他被傅识舟暴躁地洗了一通，被扔进浴缸，摔得还有点疼。

然而这些都不重要，洗完他就着急地问："落落好看了吗？"

傅识舟自己一身泥点加水渍，气得快冒烟了，烦躁地说："你丑死了。"

乔落当场被打击到了，自那之后的好几年再没有问过傅识舟这个问题。

这回厚着脸皮发自拍，乔落是准备好了又被傅识舟无视或者被回复一句"丑"的。反正他这会儿在国外玩，被嫌弃了一会儿心情也能好起来。

结果傅识舟说"好看"。

乔落一激动就蹦了起来，一下子踩空了一脚，结结实实地摔了个大跟头。

乔落揉着摔得贼疼的小屁股，心想：他说我好看，那就不计较他乌鸦嘴好啦。

因为这一句"好看"，傅识舟付出了惨痛代价。

乔落自信心"爆棚"了，搞事情搞得十分积极。

每天早上，他洗漱完会先自拍一张，给傅识舟发过去，打字道："好看的落落前来报到，早安！"

晚上临睡前，他再来一张自拍，继续给傅识舟发过去，打字道："好看的落落再度报到，晚安！"

两地有着时差呢，傅识舟被手机的振动闹腾得一个头两个大，忍了一周之后忍不了了，回复："再给我发自拍，你就不好看了。"

乔落发了个哭脸，实话实说："我都发这么多自拍了，你怎么还不知道要回馈我一张你的照片啊？"

傅识舟皱了皱眉。

他把相机调成自拍模式，找角度试了一会儿，退出软件，切换到微信界面："闹什么闹，睡觉去。"

乔落："哦。"

然而，傅识舟的"狠话"并没有对乔落造成太大的影响，他除了不发自拍，仍旧全天候无间断地直播自己的旅程。

傅识舟几乎是被半强迫着隔着一部手机逛了一遍欧洲。

好在乔落为期近二十天的旅行快要结束了，不然傅识舟的手机相册都要炸了——不管乔落发什么，他都偷偷保存了，包括一度被他嫌弃的乔落的自拍。

乔爸爸是个非常浪漫的人，这一点不仅体现在他和乔妈妈的感情上，还体现在乔家的家风上。

乔家惯例，不管是谁出远门，回来时都要给家人带一些礼物，礼物的大小和价格都不重要，重要的是那份心意和家人收到礼物时的欣喜。

　　然而这一次是他们全家出远门，乔爸爸便提议，三个人分别给另外两个人准备礼物，回家之后再送，在此之前不要告诉别人自己买了什么。

　　没人不喜欢惊喜，乔落和乔妈妈欣然同意。

　　于是，乔落就拥有了信用卡副卡。

　　他最后买的礼物分为给奶奶的，给外公的，给姑妈的，给爸爸妈妈的，给傅爷爷的，给舟舟哥哥的，给舟舟哥哥的，给舟舟哥哥的，给舟舟哥哥的，给舟舟哥哥的，还是给舟舟哥哥的……

　　有了一次晕机经历，回国的时候乔妈妈给乔落准备了药物和晕机贴，一路上乔落倒是没怎么受罪。

　　重回祖国母亲的怀抱，乔落精神头十分足。

　　更让乔落欣喜的是，他竟然在接机口看见了傅识舟。

　　傅识舟身高接近一米九，站在一众接机的人中硬生生露出头顶，面无表情的俊脸酷死了，就算是穿着简单的白 T 恤和牛仔裤也帅死了。

　　乔落拎着自己的小皮箱一路小跑，快活得像只刚从笼子里飞出来的小鸟，飞到傅识舟跟前就开始晃人家胳膊："你来接我吗？"

他又问："这么久没见，你是不是想死我啦？"

傅识舟把乔落的皮箱接过来替他拎着，但没搭理乔落的过度热情，迎上前又接过乔妈妈手里的皮箱，笑着说："叔叔、阿姨，我今天回家看爷爷，爷爷说你们正好今天回来，就让我过来接一趟。"

乔爸爸乔妈妈也算是看着傅识舟长大的，对他和对自家孩子没什么区别，笑着跟着傅识舟往停车场走，说："识舟越来越帅了。"

乔妈妈又问："学校里的事情还忙吗？正好你回家，要不我们回去放个东西，顺便接上傅叔，一起去外面吃饭？"

没等傅识舟回应，乔落就拽住了傅识舟的胳膊，道："行行行，就这么定了。"

傅识舟无言。

他看了看乔落的神色，确定这小崽子没继续晕机到歇菜，这才"嗯"了一声，说："好，那我告诉家里阿姨一声，让她别做饭了。"

乔落等傅识舟打完电话，不太高兴了，闷闷地道："你怎么不搭理我……"

傅识舟闹心着呢。

晕机这件事，要是习惯了的确能慢慢适应，但就乔落这小身板，傅识舟觉得他要是第一次晕了，第二次也不会好到哪里去。

于是，他悄悄地在车上准备了晕车贴、清凉油、酸梅汁、话梅干、小面包等一堆东西，生怕接到一条蔫巴了的小尾巴。

结果小崽子精神头足得很，能闹死他，怎么看都不像是晕机的。

傅识舟很怀疑乔落上回是装的，毕竟小崽子装病骗他又不是第一回了。

傅识舟刚上大学的时候，乔落不习惯家里忽然没了舟舟哥哥，大学刚开学半个月就给傅识舟发消息说自己病了。

乔落的那条消息傅识舟至今还能倒背如流。

乔落当时说："我好可怜，病得奄奄一息，还只能用手机联系你，看不到人。"

虽然人家的亲爸爸亲妈妈都在跟前，但是小崽子从小生病就只和傅识舟一个人闹，好多小毛病连乔爸爸乔妈妈都不知道。

比如，小崽子打点滴会偷偷调快速度，然后小爪子就冷得跟冰块似的。

比如，小崽子明明吃多了凉的就会肚子疼，却还不长记性偷吃冰激凌。

比如，小崽子难受了喜欢吃酸的，尤其喜欢某个特定品牌的话梅。

傅识舟那会儿还没买车，坐了将近两个小时的地铁，横跨了半座城市赶回家，却看见乔落正在舞蹈房劈一字马，面色红润有光泽，腰不酸腿不疼，看着像是能一口气上十层楼。

这叫奄奄一息？！

于是，傅识舟气得一个多月没搭理乔落。

其实自从那次以后，乔落就被罚得连半句谎话都不敢跟傅识舟说了。

但是"狼来了"的故事谁都知道，尤其是在傅识舟这儿，乔落犯了一回错就基本是有前科没信用了。

傅识舟深吸一口气，问他："你不是晕机吗？老实躺一会儿，别闹。"

乔落撩起有点长的碎发，露出圆圆润润的小耳垂，扭过头去给傅识舟展示："看！晕机贴！"

傅识舟无言。

小崽子还真没骗他。

傅识舟"嗯"了一声，提醒："把安全带系好，不许看手机，车载音响有歌，无聊的话自己听歌。"

乔落老老实实地系好安全带，伸着胳膊找歌，还傻乎乎地问了一句："哇！有我喜欢的歌手？你不是说他唱歌哼哼唧唧很难听吗？怎么都是他的歌？"

傅识舟："呵……爱听不听。"

乔落反应过来，立即欢乐地蹬了蹬自己的小细腿，坐在副驾驶座上乐得直动弹："听听听。"

众人一起吃过晚饭，傅识舟开车，乔落跟爸爸妈妈坐在后排。

乔落就在傅识舟身后，把两条小细胳膊搭在驾驶座的头枕位置，充满暗示性地问："舟舟哥哥，男子汉大丈夫要一言九鼎对吧？"

傅识舟从后视镜看他一眼，批评道："坐好，一会儿急刹车撞头了又要闹。"

乔妈妈也说："落落你坐好，这样很危险知不知道？"

傅老爷子一向溺爱乔落，帮腔说："那还不是有的人老不回家，我们小落落才老往跟前凑。"

乔落跟傅识舟怎么撒娇都行，但被傅爷爷一调侃就有点难为情，他只好调整坐姿，坐好之后说："傅爷爷，我都十六岁了，你怎么还叫我小落落？"

傅老爷子说："哦，十六岁啦？你爷爷我都七十六岁了！你说你小不小？"

乔落看问题的视角非常清奇，独辟蹊径地说："小舟舟……"

"司机"的脸瞬间就黑了。

小崽子又要"上天"了。

傅识舟预感成真。

时不时"上天"的小崽子自顾自地傻乐，噘着嘴不好好发音，把那个"舟"字念得走了音："小啾啾。"

他觉得好玩，又说了一遍："啾啾。"

傅识舟气得把杂物盒里准备的那袋话梅扔向后座："吃你的零食！"

傅爷爷直乐："也就我们落落有这个能耐，啧啧。识舟你别黑脸啊，人家小朋友闹一闹怎么了？你就是太严肃了！"

说完，他又低声叹了口气，自言自语了一句："也是，那个老东西的孙子，怎么可能不严肃。"

后座的一家人没注意到前座爷孙的对话，傅识舟伸手握了握傅老爷子的手，无奈地劝了一句："爷爷，你又瞎琢磨。"

傅老爷子到底是七十多岁的人了，闹腾了一晚上累了，回家就先去休息了。

傅识舟把乔落和乔爸爸乔妈妈送回乔家，转身就被乔落拉住了衣角，小崽子道："你答应过的，我回国就陪我玩。"

傅识舟虽然脾气不太好，但答应过乔落的事情倒是从来不食言。

所以这次也一样，傅识舟虽然脸色仍旧很冷，但还是说："嗯，周末我回家。"

乔落一双大眼睛里闪烁着兴奋和狡黠的光芒，从拉衣角改为晃胳膊，拖着长音撒娇："我想跟你去你学校。"

傅识舟往回拽自己的胳膊拽不动，两个人僵持了一分钟，他问："去我学校你住哪儿？"

乔落想也不想就道："你寝室！在你家我们不也睡在一起过吗？"

傅识舟原谅了这个从来没有住过寝室的小傻子，提醒他："我家的床是两米宽的大床，寝室的床只有一米宽，你确定不会掉下去？"

乔落对几米没有概念，也没过脑子，说："我睡里面，就掉不下去！"

傅识舟心想：咋不机智死你！

傅识舟咬牙道："然后把我踹下去是吧？"

乔落"咯咯"笑，撒娇地看着傅识舟，特别无辜地说："我小时候就踹了你一回，你怎么还记仇啊？"

傅识舟气得脑壳疼，胸口也疼。

当年，这小崽子睡觉强行转了一百八十度，愣是把他从一张两米宽的大床上踹了下去。

早上起来时，小崽子还睡眼蒙眬、无辜又天真地问了一句"睡地上比较凉快吗"。

就这！谁能忘？！

然而此时，这小崽子用比当年更无辜更天真更可爱的眼神"卖萌"似的看着他，傅识舟深呼吸了两下也没能扛住，妥协了："算了，反正到暑假了，我问问室友我睡他的床行不行。"

乔落一蹦老高，扑到傅识舟身上，手脚并用地扒住人家，叫道："爸！妈！我跟舟舟哥哥走了！"

从小到大，从小到大，从小到大！小崽子一高兴就往自己身上扑，这什么毛病！

傅识舟觉得自己今晚被这小崽子气得血压都高了，痛恨自己当时听见他病恹恹的声音就心软答应陪他玩，咬牙切齿地说："乔落，再不下去摔了你不许跟我闹。"

乔落死死搂着傅识舟的脖子，坚持道："不要。"

小时候傅识舟长得快，乔落在他跟前总是小小一只，这么扒他还好说，但现在乔落也是个一米七几的小伙子了，就算瘦也很有分量。

傅识舟害怕把他摔了，整个人都快炸了："乔！落！"

乔落催促他："快点快点，你带我走。"

傅识舟终于忍无可忍，掐着乔落的小细腰把他从肩膀上拽下来，黑着脸说："带你个头！"

乔落把自己毛茸茸的脑袋伸过去："给你揉揉。"

以他的身高，刚好能毫不费力地蹭到傅识舟的脖子，他又道："揉啊揉啊。"

小崽子的头发又软又细，还隐隐约约带着洗发水的香味，脖子挨到有些发痒。

傅识舟脸更黑了，眉头拧成了个"川"字，跟被定身了似的让乔落蹭了好一会儿，才用一根手指顶着乔落的脑门儿把他推开，心累无比地道："我明天来接你，今晚要陪我爷爷，你老实在家待着。"

乔落其实对大学一点也不感兴趣。

他成绩一般，学习习惯不好，学习态度也不积极，管他大学、小学还是幼儿园，只要是学校他就不感兴趣。

但如果是傅识舟的大学，那就不一样了。

傅识舟带着乔落去了他的大学，路过食堂的时候，乔落拽了拽傅识舟的衣袖，问："食堂的饭好吃吗？"

傅识舟："凑合。"

经过教室，乔落又拽傅识舟的衣袖，问："上了大学还要考试吗？"

傅识舟："要。"

看见篮球场，乔落几乎直接歪到傅识舟身上去，问："你们也有体育课吗？"

傅识舟："有。"

路过小树林，乔落继续拽傅识舟的衣袖，这回有点莫名其妙的兴奋："上了大学就可以谈恋爱了！"

这小崽子什么意思？

傅识舟这回有反应了，打方向盘转了个弯，把车开入寝室区之后，看了乔落一眼，道："怎么，你着急找女朋友了？乔落，我警告你不要早恋，不然你试试看。"

他之前一直在敷衍，怎么忽然就认真了？

乔落被他吓了一跳，半晌才愣愣地说："你凶什么啊……"

傅识舟跟个教导主任似的，继续说："你成绩不上不下的，还想分心谈恋爱？现在觉得新鲜，以后有你后悔的。"

他把车停好，念叨完了无缝衔接地说："到了，下车。"

乔落被骂傻了，下意识照做，被安全带勒了个半死。

正要推开车门出去的傅识舟皱着眉头，脸色十分不好看，又转身帮他把安全带解了，道："发什么愣呢？真有喜欢的女生了？我跟你说你那不叫喜欢，小屁孩知道什么！"

乔落发誓，他舟舟哥哥从来没这样长篇大论地说过他什么，就算是之前教训他，也一句"乔落你不许闹了"就能把他训老实了。

他瑟瑟发抖地看着傅识舟，弱弱地说："我没想谈恋爱啊，都被你骂蒙了……"

傅识舟噎了一下，脸色更黑了，口气倒是缓和下来："我没骂你，下车了，带你去吃饭。"

乔落赶紧颠颠儿地跟上去，但还是有点害怕，想了半天，扯了扯傅识舟的衣角，问："你是不是嫌弃我啊？我成绩差，给你丢脸了。"

乔落越想越觉得自己想对了，愁眉苦脸道："你别嫌弃我行吗？除了成绩，我别的地方都挺好的。"

他愁死了，有点自卖自夸地说："你不还夸我好看吗？我跳舞也好，之前校文艺比赛我还拿了金奖，就是你不在，没看见。"

傅识舟的脸还是很黑，他走得也很快，过了一会儿才停了一下等乔落。

等乔落追上来，他转身拽了一把乔落的手，道："走快点，磨蹭什么呢？"

他用教训人的口吻补充："谁嫌弃你了，一天天的，就知道瞎琢磨。"

乔落除了成绩哪儿都好，瞬间就能快乐起来这点最好。

傅识舟说没嫌弃他的那一瞬间，乔落就满血复活了，扒着傅识舟的胳膊提要求："我想吃炸鸡汉堡冰激凌。"

傅识舟刚刚训人训多了，理亏，于是惯着乔落，说："行，肯德基还是麦当劳？"

乔落说："我要肯德基的炸鸡、麦当劳的汉堡和薯条，麦当劳出新品冰激凌了，我也想吃。"

看见没？给点好脸色就能立即顺杆爬。

傅识舟深吸一口气，有点脑壳疼，感觉小崽子又要开始闹了，提前制止："我给你点外卖，闭嘴。"

闭嘴是不可能的，乔落只做到了从寝室楼门口到寝室门口这一段路保持安静。

等傅识舟掏出钥匙打开自己寝室的门，乔落立即又叽叽喳喳起来："这就是大学寝室啊？你睡哪张床？"

傅识舟把他的行李箱放好，指了指自己的床位，道："这个，一会儿我给你找新的床单和被子。"

乔落说个不停："这是你室友的床吗？粉色床单哦，哈哈哈！

"这是浴室吗？好小啊。

"舟舟哥哥，我能去床上看看吗？"

傅识舟没搭理他，开了空调之后打算给乔落收拾一下行李。

乔落在家睡了一晚，应该收拾了干净的衣服，但傅识舟得给他在衣柜里腾出点地方挂一挂。

乔落坐在傅识舟的椅子上转了一圈，看傅识舟要开自己的行李箱，着急了，一个箭步冲上去，用老母鸡保护小鸡崽的姿势保护自己的行李箱："不许开！"

那里面可都是他给傅识舟准备的惊喜，怎么能让傅识舟提前看呢！

行李箱的拉链都拉开一半了，傅识舟却突然被乔落一个"猛虎扑食"差点扑倒在地，下意识张开胳膊护着腰和后脑勺，把乔落搂住，自己堪堪稳住。

他头疼地问："一惊一乍的，怎么了？"

乔落把胳膊环在傅识舟脖子上不动了，道："点外卖、点外卖，饿死我了。"

傅识舟深吸一口气，忍着又要训人的冲动，尽量好声好气地说："你先起来。"

乔落才不要，哼哼唧唧："我饿死了，饿晕了，眼冒金星，四肢无力，动不了了！"

他把脑袋往傅识舟怀里一放，"碰瓷"装晕："哎呀！我晕过去了。"

傅识舟无言。

得，人形挂件又挂上了。

傅识舟托着乔落的腰背把人抱起来，跟抱个孩子似的，拍拍他的后脑勺，道："别卖萌了，下来，给你叫外卖。"

乔落道："我已经晕了，听不见听不见听不见。"

傅识舟有的是办法对付乔落，淡定地说："行，那你晕着吧，我给你收拾行李，等你醒了咱们再吃饭。"

乔落立即不"碰瓷"了，挣扎着护住自己的行李箱，还上了密码锁，道："吃饭！"

吃完饭，傅识舟下楼扔垃圾，顺便带乔落出去散步。

乔落在后面磨磨蹭蹭，死活不肯出门，傅识舟无奈得很，问他："怎么了？还要跟小姑娘似的化个妆吗？"

结果乔落居然说："对……对啊，我换件衣服，万一碰上你的同学，我丑丑的多丢人啊！你先下楼等我！"

小崽子还知道注意形象了。

傅识舟拎着某"丑丑的"小崽子吃掉的一盒子鸡骨头，无奈地摇了摇头，叮嘱道："记得锁门。"

乔落是憋不住事情的性格，尤其是对着傅识舟，恨不能跟倒豆子似的把自己的心事全倒进傅识舟脑子里，为了个礼物都快憋坏了。

他换了件T恤奔下楼，大老远就冲着傅识舟喊："闭眼闭眼！"

他冲下楼的速度太快了，傅识舟才不敢闭眼，不然小崽子扑过来，俩人一准摔跤。

于是，傅识舟下意识张开了胳膊。

乔落本来的打算是冲过来，把礼物摆在傅识舟面前，喊一句："睁眼，Surprise（惊喜）！"

然而看见傅识舟的动作，他瞬间就把原计划忘了，飞快地扑过去，献宝似的道："礼物礼物，我给你带礼物啦！惊不惊喜？"

傅识舟把他拉住，接过礼物看了看，问："袖扣？"

乔落小鸡啄米似的点头："是呀是呀，你快毕业了，工作要穿西装，到时候就戴我送你的袖扣。"

傅识舟："你……见过哪个程序员穿西装上班？"

乔落傻了："啊？"

他不高兴了，这回是真的不高兴。

毕竟他一路上都快高兴死了，又憋了整整两天才把礼物拿出来，却闹了这么大个乌龙。

　　蔫巴巴的乔落自我安慰："好……好吧，你不喜欢算了，我……我其实还……"

　　傅识舟把东西装回盒子里，打断乔落的话："没不喜欢。"

　　乔落："我其实还……啊？"

　　傅识舟懒得重复第二遍，拉着乔落的手往寝室楼外面走："你高考前会有成人礼，到时候学校要邀请家长，那会儿我应该可以穿西服。"

　　乔落机械地被傅识舟拉着手走路，脑子还不太能跟上，反应过来之后又激动了："你要去参加我的成人礼？！"

　　傅识舟一只手顶住乔落的额头，防止他又扑过来，说："你一小半时间都养在我家，也算半个我们家的人吧？难不成要让我爷爷去？"

　　乔落这心情跟坐过山车似的，大起大落，太不利于心脏健康了。

　　他"嘿嘿"傻笑，强调："那你答应了，不可以反悔。"

　　傅识舟问他："我答应过你的事情，反悔过吗？"

　　乔落想想，他舟舟哥哥真的言出必行，更乐了："我好想快点成人啊！"

傅识舟不动声色地说："你也不许跟我说谎，说了不许早恋，你要是偷偷谈恋爱影响到成绩，我就要食言了。"

乔落撇撇嘴，道："我哪敢骗你。初一那会儿我就是想你了，天天做梦梦见你，才说生病了骗你回来，结果你都能气得一个月不搭理我，我哪还敢骗你。"

提起这件事，乔落就要秋后算账："你以后再也不可以那么久不理我了。"

当初小崽子一句谎话哄得他着急忙慌地考了驾照买了车，末了，罪魁祸首送了只那么丑的恐龙挂件他也挂上了，还想怎么样？

傅识舟看了一眼装委屈的人，道："行了，别装乖了。"

乔落不依不饶："我是真的乖！你答应我啊。"

这架势基本就是傅识舟要是敢不答应他，他就要就地闹了，必须得个承诺。

于是，傅识舟只好拉着他的手让他好好走路，应道："知道了，你找我我就在，行了吗？"

乔落送个礼物送出来意外之喜，傅识舟承诺了会去参加他的成人礼，又答应了以后再也不会不理他。

乔落掰着手指算了好半天，觉得自己"血赚"。

他行李箱里还有好几份礼物呢，要不到时候要求傅识舟每个周末都回家？

他想得高兴，晚上倒是没怎么闹傅识舟，玩了一会儿游戏就乖乖洗澡睡觉了。

然而，大概是因为傍晚的时候心情大起大落得过了头，常年一觉就能睡到天亮的人，这次竟然做噩梦了。

乔落半夜被吓得哭醒了，还没来得及开口叫，书桌上的小台灯就亮了。

紧接着，傅识舟贴了过来，柔声问："落落？做噩梦了？"

这比噩梦还吓人，他舟舟哥哥怎么忽然这么温柔？

乔落还没反应过来，傅识舟的手又贴了贴他的额头，哄着问："吓着了？醒醒神，落落？不怕不怕。"

刚刚梦见了什么牛鬼蛇神已经忘得差不多了，乔落用额头蹭了蹭傅识舟的掌心，声音还软软糯糯的，带着点刚刚哭过的湿意："我想跟你睡，我怕。

"我不踹你，老老实实的。"

傅识舟道："我就在你对面的床位，一起睡太挤了。"

乔落伸手比画了一下，道："我这么瘦，就占这么一点地方就行。"

他声音软软地撒娇："舟舟哥哥。"

傅识舟叹气："不让你试试有多挤，你是不打算让我睡了是不是？"

乔落声音里带着困意，撒娇地说："试试嘛。"

傅识舟只好去拿了自己的被子躺回乔落身边，又怕挤着他，只能努力贴着床边睡。

偏偏乔落这会儿缓过了劲儿，又想起了噩梦里的恐怖画面，一个劲地往傅识舟身边贴："我有点害怕。"

两个人已经很久很久没睡这么近了。

家里的床大，小时候他们俩就算是睡在一块儿，中间也隔着不短的距离。

小崽子明明看着没几斤肉，可大概是多年跳舞练出来的柔韧性，软乎乎的，脑袋靠着他的颈窝，一头软软的头发蹭得他有点痒。

晚上洗澡两个人用的是同样的沐浴乳和洗发露，小崽子身上全是傅识舟熟悉的味道。

傅识舟胳膊有点僵，半晌，声音很轻地叫："乔儿？"

乔落已经睡熟了，没理他。

傅识舟安静了一会儿，等乔落睡得更熟，甚至舒服得打了一会儿小呼噜的时候，他微微颔首，揉了揉乔落蓬松柔软的头发，几乎没发出声音地说："好梦。"

乔落喜欢赖床，发现他舟舟哥哥窝成个"V"字把他护着的时候，就更不愿意起来了。

他伸手搓了搓傅识舟的脸，摸傅识舟刚冒头的胡楂，下结论般说："你看，可以睡一起的嘛。"

傅识舟怕挤着乔落，一晚上贴着床沿睡，还怕自己掉下去，睡得跟走钢丝似的，简直心累。

他把人往床里边一推，自己翻身坐起来，黑着脸说："可以什么可以？我腰都要断了。"

乔落跟着爬起来，一只手揉着惺忪的睡眼，一只手去摸傅识舟的腰，道："我给你揉揉。"

傅识舟推开乔落的手，警告道："你今天晚上要是再闹着一起睡，我就把你送回去。"

乔落可怜巴巴地看着傅识舟，拖着长音问："你怎么又这么凶了？昨晚我吓醒了的时候，你不是哄我了嘛！"

傅识舟噎了一下，然后飞快黑着脸说："你做什么梦呢！"

乔落委屈巴巴，刚想说话，就被傅识舟打断了。

傅识舟拿了衣服去昨天被乔落吐槽过的小浴室洗漱，关门前扔下一句："别撒娇，没用。"

乔落"哦"了一声，卷着被子趴回床上，跷着小腿拿出手机玩游戏。

直到浴室的门打开，傅识舟出来，手里拿着……

乔落差点从床上蹦起来。

傅识舟手里那团浅灰色的、纯棉的、小小一块的布料……

那是他的内裤！

乔落说话都不利索了："舟舟哥哥，你……你……我……我……你拿我……我内裤干吗？"

傅识舟黑着脸看他一眼，道："洗完澡自己不知道洗贴身衣物，扔在那里不就是等着我给你洗？"

乔落无言。

让傅识舟给他洗贴身衣物，太……太……太难为情了！

乔落害臊得脸都红了，脑袋埋进枕头里，晃着小腿尖叫："啊啊啊！你为什么不叫我进去让我自己洗！"

傅识舟擦干净手，把他从枕头下面薅出来，道："别叫唤了，起来吃饭。"

乔落的脸还是红扑扑的，一顿早饭吃完都没能消下去。他看见阳台上飘着的小内裤，脸就要红一回，看一眼红一回，再看一眼继续红。

于是当天晚上，乔落悄悄溜进浴室，还没洗澡就先把内裤洗了。

之后，乔落在傅识舟这里住的十几天，再没有哪一天忘记过这件事。

至此，乔妈妈整整三年耳提面命地要求乔落洗完澡就把贴身衣物洗掉却一直被他当耳旁风的好习惯，被傅识舟培养出来了。

第三章
人工闹钟

乔落在欧洲"浪"了二十来天，又赖在傅识舟这里玩了十几天，这个暑假算是过得开心又满足。

然而乐极生悲，高中开学第一天，他去报到，老师就面无表情地宣布，早上六点四十五分开始上早自习，自习到七点半后吃早饭，八点开始上第一节课。

乔落回到家就往床上一躺，哀号："六点就要起床，六点！臣妾做不到啊！"

乔爸爸和乔妈妈不理他，等他哀号完了垂头丧气地下楼吃水果，才问他："是自己定闹钟还是我们叫你？"

乔妈妈问完，又自己否定了前一个方案："算了，以后我每天叫你起床吧，你自己定闹钟，肯定天天迟到。"

乔落生无可恋地说："我不想上学，学校就是个小妖精，吸干了我的元气和快乐。"

他自顾自地叨叨："啊！小白菜啊！地里黄啊！六点钟啊！要起床啊！我好惨啊！啊啊啊！"

乔妈妈被他逗乐了，递给他一盒草莓，道："快别耍宝了，吃完水果早点睡，明天第一天正式上学，别迟到了。"

乔落高中生涯的第一天，乔家过得堪称鸡飞狗跳。

乔妈妈起床敲乔落的门，里面的人睡得天昏地暗，根本听不见。

乔爸爸动用了备用钥匙，进去硬生生把人拽了起来。他转身的工夫，乔落自己滑到床边的地毯上，差点又睡过去。

乔爸爸和乔妈妈最后只能用冷水浸湿一条毛巾，硬生生把人给冰清醒了。

乔落起床就费了老大的劲，接下来穿衣服拿书包去学校，简直像是在上演《生死时速》。

等把人送出家门，乔爸爸和乔妈妈对视一眼，终于理解了一句话：孩子上高中，也是对家长的考验。

然而，乔爸爸乔妈妈只接受了一天考验。

乔落觉得早起上学受了大罪，必须跟他舟舟哥哥撒撒娇才不枉起这么早，也没管才早上六点半，上了地铁就给傅识舟打电话："舟舟哥哥……"

傅识舟接电话接得很快，但是开口就很凶："你又闹什么？"

乔落困得上下眼皮打架，声音里也带着困意，简直要在地铁上又睡过去："我上学要起好早哦。"

傅识舟简直不近人情："你的同学个个都要起早，当年我也是这样读了三年高中，就你娇气？"

乔落本来因为早起就很委屈，又被傅识舟凶，更委屈了。

他抱着手机拽着书包带子，蔫巴巴地说："我就是起不来嘛……又不是没起。"

傅识舟靠在寝室外面的墙上，问："你起不来，给我打电话干什么？"

困得满脑子糨糊的乔落想不出给傅识舟打电话有什么用，反正他觉得委屈了就一定要找到傅识舟才行。

他想了一会儿，说："那不打了吧，我挂了。"

傅识舟有些无语。

小崽子可真是出息了，居然要挂他电话。

傅识舟黑着脸忍了一会儿，认命了，提醒道："那我叫你起床，起得来吗？"

乔落困蒙了，反应了一会儿，问："你怎么叫啊？你又不在家。"

傅识舟要被乔落气死了，深吸一口气，主动给出预想方案："我给你打电话。"

地铁提示到站，乔落一边出地铁一边跟傅识舟说"拜拜"，到了学校，踩着上课铃声进了教室。

大部分同学都和乔落一个德行，暑假的生物钟还没有调整过来，困得不行。

整个早自习，教室里寂静无声，大家都在努力和瞌睡虫作斗争。

乔落好不容易熬过去一个早自习没睡着，吃完早饭在课桌上趴了一会儿，脑子才渐渐清醒过来。

紧接着，他一激灵：他舟舟哥哥说什么来着？打电话叫他起床？！

学校不允许学生上课期间用手机，然而乔落实在绷不住了，在课桌底下偷偷用手机给傅识舟发微信消息："舟舟哥哥，你真的要每天给我打电话叫我起床吗？"

他想了想，又补充了一句："还是我又做梦了……"

随着乔落这边的早自习结束，傅识舟的室友也已经醒了，这会儿正睡眼惺忪地吐槽傅识舟："你这是又搞什么呢？那么早爬起来扰人清梦。那会儿才几点？有六点吗？"

傅识舟说："六点整。"

室友："你到底干什么呢？"

傅识舟看了一眼手机上乔落发来的消息，回复："没做梦，我答应你了。"

然后，他抬头跟室友说："家里的小孩儿上高中起不来床，我叫他起床来着。"

室友一脸看神经病一样的表情，问傅识舟："就……就是送你那个巨丑的恐龙挂件，暑假来咱们寝室住的那个小孩儿？"

傅识舟"嗯"了一声，低着头继续看和乔落的聊天界面。

小崽子不知道在犹豫什么，聊天界面最上头一直是"对方正在输入"，但就是一直没有消息发过来。

寝室里，室友在哀号："啊啊啊！你看看你每天都在干什么！关心人家的成绩，人家生病了要回家陪着，人家不高兴了要打电话哄着，现在人家就上个高中，你还得特意打电话叫他起床？至于吗！傅识舟你没救了！"

傅识舟瞥了表情和动作十分夸张的室友一眼，道："至于，他要是迟到被老师骂了，会不高兴，会哭鼻子，最后还是要闹我。"

室友生无可恋："我为什么会有你这种室友……啊！"

傅识舟幽幽地说："友情提醒一下，当初蹭我小组作业的时候，你说的是'感谢教务系统分给我这样一个好室友'。"

室友瞪他："要不是看在当年小组作业的情分上，今天早上你就已经被我一枕头砸死了。"

傅识舟并不怕被枕头砸死，盯着手机说："再友情提示一下，我今后三年都要叫他起床，但是如果你现在一枕头砸死我，实习报告就没得抄了。所以，你只能庆幸一周后开始实习，你就不和我住一个寝室了，并要祈祷研究生时期不和我分在一个寝室。"

室友在实习报告和一个星期优质睡眠之间选择了一下，鬼哭狼嚎片刻，去洗漱了。

这会儿，乔落的消息终于发了过来。

乔落："不用了吧……我可以自己起床。"

傅识舟瞥了一眼，脸就黑了下来。

行，很行，非常行，小崽子一大早给他打电话，这会儿倒是学会装乖巧了。

自己心疼小崽子没懒觉睡，要陪着他，人家还用不着！

傅识舟果断回复："起床了也别给我打电话。"

乔落怪委屈的，撇了撇嘴，想起来他舟舟哥哥看不见，于是老老实实打字回复："哦。"

傅识舟一整天心情都不好，手机扔在裤子口袋里都没拿出来看一眼。

直到晚上临睡前，手机从床上振动摔到了地板上，"哐当"一声响，傅识舟才捡起来看了看。

手机没摔坏，上面显示有数条微信消息和数个未接电话，全部来自乔落。

傅识舟冷着脸给乔落打去电话，飞快地被接通，乔落带着哭腔的声音劈头盖脸就砸了过来："你说了再也不会不理我，可是你不接电话、不回消息，你不理我了！"

傅识舟脑子"嗡"地一炸，憋着的气"咕咚"咽进自己肚子里，别别扭扭地找借口："我手机不在身边，你哭什么？"

乔落白天的时候装懂事，晚上回家就后悔了，打算跟傅识舟撒娇反悔，求他舟舟哥哥叫他起床。

结果他一条、两条、三条消息发过去，傅识舟不回；他一个、两个、三个电话打过去，傅识舟不接。

乔落想起了被一个多月的冷处理支配的恐惧。

他吓坏了，心慌得不行，不知道自己哪里又惹傅识舟不高兴了。

此刻终于接到电话，他不管不顾地嚷嚷："你不理我你不理我你不理我！"

傅识舟心累，道："我没有。"

乔落趴在床上，不闹腾了，声音闷闷的："我想见你了。"

傅识舟借着这工夫看了一眼未接来电和未读消息，知道自己又把小崽子吓着了，难得回应了乔落："我周末回去看你。"

乔落借机反悔："不行，你还得每天叫我起床。"

傅识舟无言。

这孩子是傻了吧？明明自己都答应他了，他先拒绝一遍，现在又闹一通，把这个当条件提出来。

傅识舟刚揉了两下太阳穴，乔落就开始软着声音撒娇："我保证你打第一个电话我就会接，好不好嘛？"

他哼哼唧唧，耍赖："上学要起好早，舟舟哥哥也不理我，我好委屈。"

傅识舟："好……"

乔落钻进被子里，平躺好，闭上眼睛说："我已经乖乖躺好，准备睡觉了，舟舟哥哥你一定要给我打电话啊。"

傅识舟应了一声，又说："等两分钟再睡，收个文件。"

他把电话挂断，用微信传了个音频文件给乔落。

接着，他又发了条消息："把这个设置成我的来电铃声。"

乔落把手机贴在耳边，播放音频。

音频是傅识舟的声音，很短，只有一句话："落落，起床了。"

乔落心里美滋滋地冒出无数小气泡，小气泡接连炸开，他开学一整天的坏心情就这样被治愈了。

他设置好来电铃声，心满意足地睡了。

被傅识舟亲自叫起床的日子，并没有乔落想象中那么幸福。

饶是想着对面是傅识舟，乔落想要把自己从床上撕下来也仍旧非常困难。这就导致他根本做不到保证的"你打第一个电话我就接",通常需要傅识舟打来第二个甚至是第三个电话。

于是,接通电话之后,可想而知傅识舟的态度有多差。

乔落理亏,但是他十分好意思跟傅识舟撒娇,每天都会带着困意哼唧一遍:"明天嘛,明天一定很快就接,我保证!舟舟哥哥你别生气嘛。"

然而明天就是明天,它永远不会到来。

但是熬过艰难的一个月之后,乔落喜气洋洋地迎来了十一长假。

长假意味着他可以睡懒觉了,却也意味着他接不到傅识舟每天叫醒他的电话了。

乔落抱着他的作业本,痛苦地思考人生:为什么我不能同时拥有睡懒觉和舟舟哥哥呢?

傅识舟宛如听到了他的呼唤,出现在了他家客厅。

乔落这个年纪的人大多还处在"能玩就多玩一会儿,我学习是因为老师会骂我"的状态,万事不走心,也还没有对未来的忧虑。

然而他不忧虑,自然就得有人替他操心。

傅识舟这次来就是受乔爸爸所托,并非出于万分自愿。

他找了许多高校舞蹈艺术特长生的招生简章,还有一些艺术类院校的资料。

这些资料都是为某个小崽子量身定做的，一眼就能看出来费了好大的精力。

乔爸爸挺不好意思的，说："艺术类学校其实我和落落妈妈也有一些了解，还有人请我去当过客座教授，但是我们都没你了解得这么细致。"

傅识舟挺淡定的，说："我高考过，知道考生更需要什么信息，何况落落和我那么亲近，这些事情我自然要替他操心的。"

他当然得操心，毕竟他对小崽子特别关心。

傅识舟咳嗽了一声，心说这小崽子在楼上干什么呢，还没听见他过来的动静。

他不动声色、分外细致地说了说艺术类考生的考试流程，问："是考艺术类院校还是综合类院校的特招生，是不是得问问落落？"

乔落在卧室偷偷玩游戏机呢，上头放着英语作业打掩护，旁边放着数学卷子当道具。

乔妈妈一敲门，吓得他一激灵，飞速把游戏机藏起来，问："干吗呀！我这道题的思路都要有了，被你给打断了！"

傅识舟跟了上来，在门外说："有点事情找你商量。"

乔落震惊地瞪大了双眼。

他认真地看了一遍自己的桌子，找了份做了一半的语文卷子放在书桌上，这才去开了门，说："舟舟哥哥你怎么回来了？"

乔妈妈说："你舟舟哥哥都替你操碎了心，你看看你这成绩，我和你爸爸商量着，想让你考舞蹈特长生。"

跳舞这件事乔落不讨厌，他都上高中了，困得天昏地暗，可基本功也没彻底放下。

他仰着头看傅识舟，问："特长生可以不用上早自习吗？"

傅识舟难得这么有耐心，把艺术类考生要做的准备和后续考试流程都讲了一遍，才问他："你是想考艺术类院校专攻跳舞，还是想考综合类院校的特招生？"

乔落看看自己父母，又看看傅识舟，摇摇脑袋，诚恳地说："我不知道。"

他求助地看向傅识舟，习惯性依赖地说："我想听你的。"

当着人家爸妈的面，傅识舟有点不好意思，表情严肃地说："这件事你要和叔叔阿姨商量，我没办法给你做主。"

乔落抿了抿嘴唇："哦……"

他其实心里有个模模糊糊的主意，但此时注意力都在傅识舟身上，便道："那我以后再跟我爸妈商量吧！我有好多话想跟你说。"

乔妈妈于是说："行，你们玩吧，我下去做饭，一会儿让落落爸爸把傅叔也叫过来一起吃。"

乔妈妈一出去，乔落就凑到傅识舟身边，张开嘴话还没说出来，傅识舟就冷着脸问："在屋里玩游戏呢吧？"

乔落十分震惊，下意识说："我没……"

傅识舟瞪他一眼，问："忘了和我说谎会有什么后果了？"

乔落乖了，委屈巴巴地拽着傅识舟的衣角，说："我就今天玩了一次，之前一个月碰都没碰过，真的，我不敢跟你说谎。"

才一个月，乔落本来就不大的小脸又瘦了一圈。他刚上高一，其实没那么累，估计就是硬生生睡眠不足导致的。

傅识舟是个宁可自己睡断腰都不想让乔落睡得不舒服的人，乔落仰着头可怜兮兮地看了他一会儿，傅识舟就心软了，黑着脸说："下不为例。"

乔落疯狂点头，卖完乖又夹带私货，道："要不你把游戏机带走吧，一个月回来一次，我就不会贪玩了。"

他这点小心思瞒不过傅识舟，然而傅识舟"愿者上钩"，说："也不是不行。"

乔落上交了作案工具PSP游戏机，又蹭到傅识舟跟前。

以前他动不动就往傅识舟跟前凑，这回却犹豫了一下，不知道为什么，总觉得有点不好意思。

于是，他乖乖坐在傅识舟对面，说："其实也不用和我爸妈商量……我不想考艺术类院校。"

乔爸爸和乔妈妈是小有名气的舞蹈艺术家，如果乔落走这条路，应该会比较顺利。

傅识舟私心也是想乔落这么发展，于是他问："为什么？你不是很喜欢跳舞吗？"

"也不是那么喜欢吧。"乔落认真想了想，"跳舞要训练、演出、比赛，那就不能总和你在一块，感觉你比较重要。"

傅识舟非常想提醒乔落，就算他不考艺术类院校，按照符合常理的情况来说，他们两个人未来也是要各自组成家庭的，不可能再像小时候那样黏在一起。

然而，他说出口的却是："那你就要好好上文化课。"

第四章
安全感

大部分高中生的家长都知道要督促孩子好好学习，为孩子搞好后勤保障，但只有极少数家长会在很早的阶段就关注高等院校的信息以及专业选择情况。

　　乔家父母就属于考虑得很早的那一拨人，因为有傅识舟。

　　傅识舟不仅收集了招收舞蹈特长生的院校信息，还收集了各个院校的专业情况、针对特长生的录取分数，就差亲自去看看这些学校哪家食堂的饭菜更合乔落的胃口了。

　　到高一结束的时候，傅识舟就拿着这些信息，对照乔落期末考试的成绩，专门去找了一趟乔落的班主任，把乔落的未来安排得明明白白。

　　等乔爸爸乔妈妈反应过来的时候，傅识舟已经针对乔落的情况和班主任达成了共识。

　　因为这件事，乔爸爸乔妈妈非常感谢傅识舟，还觉得自己没尽到父母的责任，有点不好意思。

　　只有乔落这个什么都没想却坐享其成的小傻子高兴得很，因为从高二开始，他就可以每天下午四点钟放学，去艺术班练习舞蹈了。

　　安排好乔落的事情后，傅识舟才放心。

　　乔落初中的时候成绩一度吊车尾，到了高中倒是在中游晃荡，没那么危险了。

傅识舟今年开始读研究生，忙起来日夜颠倒地调试程序，经常深夜十二点才回寝室，第二天又掐着点叫乔落起床。

也不知道乔落是终于良心发现、知道傅识舟操碎了心，还是忽然打通了任督二脉，高二上学期第二次月考，他破天荒考进了年段前两百名。

这可真是史无前例。

傅识舟一早就得知了消息，当天晚上什么也不干，拿着手机等小崽子跟他打电话要奖励。

他琢磨着引导小崽子要PSP游戏机，那他就"勉为其难"地回一趟家。

然而他没等来乔落的微信，却先等来了傅老爷子的电话。

傅老爷子开门见山道："识舟，落落好像出了点事情，刚刚我看到警察去他家了，你回来看看？"

傅识舟当下就坐不住了，眉头拧成个疙瘩，立马一只手把车钥匙揣进裤兜，一只手拎起外套往外走，在电话里却说："乔叔叔乔阿姨不是在家吗？我回去做什么？"

傅老爷子几乎要翻白眼了："不回来？你说你不回来？"

傅识舟："我……刚出学校，晚上不堵车，我开快点，半个小时就能到。"

老爷子恨铁不成钢地道："你开慢点，没那么急，落落还好好的！你说说你都紧张成这样了，就不能给人家个好脸色？非得天天绷着一张脸，跟你爷爷一个德行！"

傅识舟到家的时候，乔爸爸乔妈妈正在送民警出门，正好撞见他。

这倒是省了傅识舟找借口登门了，他一颗心跟热油滚火似的烧得一团焦，锁车的时候手都在抖，还得不动声色地问："乔叔、乔姨，这是……怎么了？"

乔爸爸乔妈妈都没多想，以为傅识舟是回来看傅老爷子的。

乔妈妈眼眶还是红的，说："落落放学回家时被小流氓堵了，刚报了警。"

傅识舟稳不住了，口气也没控制好，音量高了好几度："落落怎么了？受伤了？被吓着了？"

乔妈妈声音哽咽："人没受伤，就是吓得不轻。"

傅识舟跟着往里走，恨不得三两步跑进去看见乔落。

乔落就坐在客厅沙发上，身上裹着空调毯，手里捧着一杯热牛奶，安安静静。

傅识舟一颗心滚在了钉板上，疼得他控制不住表情。

他走过去蹲在乔落跟前，尽可能温柔地叫："落落？"

小崽子平时见着他就撒娇，现在却不闹了，惨白着一张小脸，眼巴巴地看了他一会儿，眼圈就红了，委屈地道："我被欺负了……"

傅识舟心疼得要命，犹豫了好久，终于握住了乔落捧着杯子的手，一点一点地搓着他的指节，安抚道："没事了，报过警了，你先把牛奶喝了，乖。"

带着关怀的肢体接触让乔落安心了一点，他乖乖地就着傅识舟的手喝牛奶。

乔妈妈也快心疼死了。

乔落回家的时候一身的泥土，书包带子也被扯断了，整个人慌得直抖，哆哆嗦嗦半天才颠三倒四地说明白是被小流氓给堵了。

乔爸爸报了警，乔妈妈守在浴室外面，等着他洗完澡换了衣服。

但是自始至终，乔落就是一张小脸惨白，问什么答什么，没哭也没闹。

现在看见傅识舟，他终于哭了出来，倒是好事。

乔妈妈有些为难地问傅识舟："识舟，你看……你能不能留下来？落落跟你亲近……"

傅识舟哄着乔落喝下大半杯牛奶，赶紧说："我肯定留下来，我会陪他。乔姨你放心吧，以后我也接他放学，肯定不会再出事了。"

他说完低头看乔落，握着他的手哄道："落落，不害怕了，好不好？"

傅识舟回来了。

舟舟哥哥在他身边了。

乔落小声答应："好。"

小崽子太乖了，傅识舟心疼坏了。

他宁愿小崽子跟他闹腾。

傅识舟帮他把牛奶杯放到一旁，对乔爸爸乔妈妈说："叔叔阿姨你们也去休息吧，我带他去睡觉，睡一觉就没事了。"

乔落只有在傅识舟面前才像是永远都长不大，在爸爸妈妈面前其实很懂事。

他很乖地说："爸爸、妈妈，我没事了，你们不用担心我。"

乔妈妈摸了摸乔落的脑袋，又跟傅识舟说了一遍"麻烦了"，才去给傅识舟找新的被子。

乔爸爸去洗牛奶杯，顺便帮乔落收拾乱七八糟的书包。

乔爸爸乔妈妈情绪也不够好，乔落从小娇生惯养，他们从来不舍得碰乔落一根手指头。就算是他调皮做错事，他们也只是口头批评。

现在孩子被欺负了，乔爸爸那么绅士的人都忍不住想要把欺负乔落的小流氓揪出来揍一顿。

傅识舟摸摸乔落细软的头发，拉着他的手站起来，说："回房间去睡觉吧。"

乔落老老实实地跟着他站起来，一个没站稳，又坐了回去。

他两条细细的小腿抖着，看了傅识舟一眼，眼圈又红了。

他根本不是没事了，他只是怕爸爸妈妈担心。

傅识舟今天尤其温柔，跟着蹲下去，手碰碰他的小脸，又帮他捏了捏小腿。

乔落一双大眼睛里含着的眼泪摇摇欲坠，抿着唇不说话，委屈地冲傅识舟张开了双臂。

乔爸爸洗完杯子转身，就看见乔落裹着毯子宛如一只蚕宝宝，只露出一颗毛茸茸的小脑袋，被傅识舟稳稳地抱住。

乔爸爸一晚上压抑的情绪被转移，不由得失笑，道："落落快下来，你都多大了，你哥哥抱不动你了。识舟，你这么惯着他可不行。"

乔落不肯吭声，一出声就会暴露他已经哭了的事实。

傅识舟抱得可稳了，冲乔爸爸说："没事，我抱得动。"

当着自己爸爸妈妈的面还能忍住，然而被傅识舟这么一抱，乔落就泪崩了。他的眼泪跟豆子似的从眼眶里倒出来，还没回到卧室，一张巴掌大的小脸就已经全湿了。

到了卧室，傅识舟把人放到床上，安抚地揉揉他的头发，起身就要去给他洗毛巾擦脸。然而他还没转过身就被死死抓住了胳膊。

乔落哭得直抽抽，一双大眼睛湿漉漉的，看起来像是刚接触这个世界的雏鸟，充斥着浓浓的不安和依赖。

傅识舟太阳穴直跳，心脏发疼。

傅识舟想让他别掉眼泪，想把时间逆转回去，想让自己做得更周全，想替他挡住所有恶意与伤害。

傅识舟懊恼又后悔，自己生自己的气。

怎么办？他没有保护好自己的小尾巴。

他根本就不冷静，他也要被吓死了。

傅识舟放弃了去卫生间洗毛巾的打算，弯下腰看着他，伸出手用拇指帮他擦掉眼角的泪水，哄着说："小骗子，刚刚还说没事。"

接着，他又点点乔落的鼻子，说："哥哥在呢，不哭了好不好？"

乔落拽着傅识舟的胳膊，直往他怀里钻，抽抽噎噎地解释：

"我不想让我爸爸妈妈担心，可是我真的害怕。"

傅识舟犹豫了一下，还是伸出胳膊抱住了乔落。

他揉着乔落细碎的头发，给乔落按摩放松，问："那我呢？你就不怕我担心你？我要是不来你怎么办？"

乔落靠在傅识舟怀里，找到了依托，安全感顿生。

他把眼泪全蹭到傅识舟衣服上，浑身终于放松了，说："我本来是想偷偷跟我爸爸讲的，可是你来了。"

傅识舟搂着软乎乎的人，放弃了想说的"以后有什么事一定要给我打电话"，轻轻碰了一下乔落的腿，问："腿怎么了？受伤了？"

他没有表现得很担心乔落的身体，是因为知道乔家父母一定都检查过了。

果然，乔落点点头，道："跑太快了，有点脱力。"

傅识舟一下一下地轻抚着乔落的背。

他是在安抚受惊吓的乔落，也是在安抚他自己。

乔落黏着他，他又何尝不想一直护着这个小弟弟，确认小崽子平安无事，稳妥地待在他伸手可触的保护范围内。

他们是彼此的安全感。

他轻声问："腿还疼吗？还怕不怕？我陪着你，一直都陪着，你好好睡觉，好不好？"

乔落已经不哭了，只是眼睛仍旧湿漉漉的，显得整个人特别可怜。

他带着鼻音软软地说："他们今天说要废了我，我才特别害怕。"

他又往傅识舟怀里拱了拱，说："可是你说以后来接我放学，我就又不怕了。"

傅识舟纵容地把他往自己怀里带了带，但声音很严肃："到底怎么回事？小混混在外面拦学生一般就是欺负他们要点钱，他们要废了你？你招惹他们了？"

大概是觉得他这个问题的口吻和之前的话语比起来没有那么温柔，乔落飞快地抬头看了傅识舟一眼，吓得惨白的脸刚刚在傅识舟怀里恢复了一点血色，声音还带着受惊之后终于安定下来的脱力感。

他软绵绵地说："我没有惹事。"

傅识舟拍拍乔落的小脑袋，觉得小崽子有点营养不良，怎么都十七岁了还跟个小豆丁似的，比他矮那么多，还比他瘦那么多。

这样的对比放大了他的心疼，他用自制力做出来的罩子成了筛子，疼惜和怜爱的感情止不住地冒出来，让傅识舟没办法说一句重话。

他柔声哄道："告诉哥哥怎么回事，好不好？"

乔落又把脑袋拱进了傅识舟怀里，说话的时候呼出的气体喷在傅识舟的前胸，温温热热的。

他委委屈屈地说："和我一起上舞蹈课的女生塞给我一封信，我知道她什么意思，就拒绝了。可是那些小混混觉得是我的错，是我抢了他们大哥的人。"

到底是那个女生曾经招惹过那帮小混混，还是小混混"中二期"还没过、信奉"看上你了你就是老子的女人"那一套，总之他们之间有着爱恨纠葛，却因为女生对乔落的一点好感而伤及无辜。

乔落一开始也以为他们是抢学生钱的流氓，毕竟他看着就很好欺负，又落了单。

所以他还学着《女生遇到危险这么做，转发！没准就可以救一条命》的帖子里说的那样，把自己的钱包奋力往另一个方向丢了出去。然而，对方根本就不是图财，目标明确，就是要揍他一顿出气。

乔落从小到大没打过架，回想起来傅识舟几乎一直在他身边保护着他。但是这次傅识舟不在，所以他一开始慌得根本不知道还手，差点被踢到要害部位。

他再怎么样到底也是个大男孩，该有的力气还是有的，反应过来后拿书包当流星锤，原地转了七八圈也不带头晕的。虽然他没打到人，却总算找到机会逃出了包围圈，几乎是一口气跑回家，摔倒在了家门口。最后，他是被乔爸爸抱回家的。

回忆起当时的情形，乔落有点后怕。

傅识舟气得胸口疼，恨不得自己就在现场亲自教那些小混混做人。

他家小崽子能唱能跳、可爱又帅气，浑身上下简直没有一处不好的地方，被女生喜欢不是很正常的吗？

傅识舟气得有点走神，在脑海里把那群小混混从头到脚修理了一遍。

乔落一时没得到回应，从惊吓状态进入名为"舟舟哥哥"的舒适区，已经停止思考的大脑一个激灵。

乔落有点慌了，突然察觉到了不对的地方，拽了拽傅识舟的胳膊，讨好地说："我没有谈恋爱，信是她硬塞给我的，我也没有办法……真的。"

傅识舟自己还没想到这一茬，经乔落一提醒，熊熊燃烧的气愤火焰猛然被什么浇灭了，那味道十分诡异——一如此时傅识舟的表情。

是啊，乔落被女生喜欢太正常了，小尾巴不是他的私有物。

傅识舟神经质地又搂了搂乔落，语气有点不自然："你拒绝她了？"

乔落已经忘了后怕的事情，着急地说："拒绝了啊，你怎么和那帮流氓一样，不信我啊……"

傅识舟表情更诡异了。

什么意思？小崽子说的这是什么对比？他怎么就和那群浑蛋一个样了！

可是小崽子刚受了这么大的委屈，他根本舍不得训，只能很轻地弹了一下他光洁的额头，道："没有不信。"

乔落不确定地看着傅识舟，水汪汪的大眼睛还泛着红。

他眨巴眨巴眼睛，犹犹豫豫地用他带着鼻音的小奶音问："真的？你没生气吧？"

傅识舟……真的没生气，但是好像是有那么点……嫉妒。

这个念头一冒出来，傅识舟更尴尬了。

他咳嗽了一声，别扭地说："这有什么好生气的？你只是收封信……不算什么大事，我也收到过。"

乔落根本没有感受到他的不自然，想的是另外一个问题："哦……那今天你会陪着我对吧？"

傅识舟无奈了。

小崽子傻乎乎的。

然而小崽子还在小声地追问："你会陪着我的吧？你不陪的话我会做噩梦的。"

傅识舟说："陪，就算你做噩梦了踹我，我也一直陪着，放心了？"

他跟哄小孩子入睡似的轻轻拍着乔落的后背，说："睡吧。"

乔落乖乖闭上眼睛，像只回到自己猫窝的小猫崽。

然而，傅识舟却睡不着了。

乔落睡着的时候特别乖，软乎乎的，头发细软，睫毛卷翘浓密，在眼皮上落下一小片阴影。他的小脸有了血色，这会儿红扑扑的。

傅识舟看着乔落头顶的小发旋都觉得可爱得要命。

小爷爷没有忍心说出口的那些潜台词又开始对他进行"洗脑"了——人们长大了就要互相疏远？

一向冷静理智的傅识舟忽然有点慌，他到底哪来的自信，觉得那是他独有的小尾巴？

他闷闷地想：你要是长大了，觉得我没有那么重要了……我该怎么办呢？

傅识舟混混沌沌地瞎琢磨，很晚才睡着，第二天是被乔落的一声惊呼吓醒的。

乔落几乎是一个鲤鱼打挺坐起来，还踹到了他的腿，慌慌张张地说："坏了坏了，要迟到了！"

傅识舟睡得迷迷糊糊，没反应过来，自己翻身坐了起来，说："没迟到，我给你请了一天假，再躺会儿吧。"

　　他拿过床头柜上昨天没来得及收拾的药膏递给乔落，说："自己擦药，我去洗漱。"

　　乔落被他舟舟哥哥细致温柔地哄了一个晚上，安安稳稳地睡了一觉，已经生龙活虎了，在傅识舟刚要起身的时候爬上了傅识舟的后背。

　　昨晚他被吓蒙了，现在回过味来，兴奋得简直成了窜天猴："你昨天是不是答应了以后接我放学？"

　　看来小崽子是没事了。

　　傅识舟闭了闭眼，反手拍拍乔落的背，道："下来。"

　　乔落誓死不从，脑门蹭着傅识舟的后背，说："我不！昨天可以，今天怎么就不行！"

　　傅识舟简直头疼，背着和抱着能一样吗？他能公主抱乔落，但是背着就得托住乔落的屁股和腿！小崽子腿上还有伤呢。

　　他耐着性子道："腿不疼了？上蹿下跳，要么跟我一块去洗漱，要么好好躺着。"

　　乔落松了手，跪坐在床上，小脚丫子没穿袜子，脚后跟贴着大腿根，委屈巴巴地说："被小流氓欺负了也挺好的，还能让你心疼我。"

这都是些什么歪理？傅识舟昨天命都要被吓掉半条了，这小崽子什么时候能让他省省心！

傅识舟瞪他一眼，没好气道："闭嘴吧你，我什么时候不心疼你了？"

乔落才不闭嘴，翻身往床铺上一趴，娇声娇气地道："那我饿了呀。"

傅识舟："行……等着。"

乔爸爸乔妈妈一晚上都没怎么睡着，睡前悄悄去乔落的房间门口听了两三次，一会儿觉得太麻烦傅识舟了，一会儿又欣慰儿子有个和他年纪相差不大的邻居哥哥。

第二天一早，乔爸爸乔妈妈更是不到五点钟就起来了，几乎每过一会儿就要张望一下乔落的房间，却又想让乔落多休息一会儿，不敢打扰。

可怜天下父母心。

他们家娃儿醒来都半个多小时了，也没想起自己的爹妈。

昨天乔落一分钟都不许傅识舟撒手，傅识舟连澡都没法洗，只能大清早起来收拾自己。

洗个澡用了十分钟，心里记挂着乔落说饿了，傅识舟湿着头发就下了楼，乔爸爸乔妈妈正眼巴巴地等着。

傅识舟瞬间有一种特别诡异的感觉——乔落像是被他捡回来的流浪动物，还只跟他一个人亲近，别的人靠近了就要炸毛。于是，其他关心乔落的人就只能眼巴巴地等着从他口中听一句好消息。这就像，乔落是他的私有物一样。

这个念头让傅识舟脑内地震、胸口海啸，差点一步踩空从楼梯上摔下来。

他神色极不自然，没敢直视乔爸爸乔妈妈，还特意故作坦然地朗声说："叔叔、阿姨，落落没事了，正要赖不肯起床呢，我把早饭给他端上去。"

傅识舟昨天想得太多，今天刚起床奇怪的念头就一个接着一个，明明这房子里现在唯一的外人只有他自己。

于是，傅识舟只好不说话了，转头去厨房端早饭。

乔爸爸乔妈妈不知道傅识舟现在心虚得厉害，连连说："你吃饭吧，我们叫他下来吃。"

傅识舟刚想说"不用"，就见乔落穿着小拖鞋"吧嗒吧嗒"地从楼上下来了。

他先看他爸妈，挺老实地道："爸、妈，我没事了。"

乔妈妈迎过去把儿子从脑袋顶到脚底板打量了一遍，觉得乔落看着的确挺容光焕发的，于是放下心来。

她推着比她高出一个头的儿子到餐厅，说："赶紧吃饭，十七岁的小伙子，见着你哥哥还撒娇，哪有让人家给你端早饭的道理。"

吃完饭，乔落主动洗碗，悄悄对在旁边给他帮忙的傅识舟说："我乖吧？我们家都是我洗碗。"

傅识舟又在走神，他怎么都觉得自己才是和乔落最亲近的那个人——他简直没救了。

乔落把手上沾着的水蹭到傅识舟脖子上，问："你怎么不理我呀？！"

傅识舟回过神来，条件反射地故作冷淡，语气不自然地说："洗个碗还得我帮忙，你乖什么乖？"

乔落立即就要反驳，但是傅识舟裤子口袋里的手机响了。

傅识舟看了看，擦干净手后接起来："师姐？"

打电话的是他教研组的师姐，问他怎么还没到教研室。

傅识舟靠着流理台，嘴角挂了个礼貌的微笑，很绅士地用带着和缓笑意的声音和对方讲话："抱歉啊师姐，我今天去不了了，家里有点事情，得请个假。"

师姐关心地问："需要帮忙吗？"

傅识舟说："不用，也不是什么大事，就是家里的小孩病了。"

师姐问："你弟弟，还是妹妹？"

傅识舟读本科的时候，室友还给他安了顶"弟控"的帽子。他"弟控"是真的，"弟弟"却不是真的。

于是，他只能含糊地说："我邻居家的孩子。我用家里的电脑也能做事，就是要麻烦师姐帮我开一下远程操控。"

师姐开玩笑道："那可真是太麻烦我了，回头你可要请我吃饭。"

傅识舟应承下来："没问题，请师姐吃大餐！"

他挂断电话，就见乔落手拿盘子正看着他，嘴巴下意识地微张，露出一点白牙，盘子在水龙头底下冲着，溅了乔落一身水。

傅识舟把水龙头关掉，问："犯什么傻呢？"

乔落觉得自己很难过，傅识舟跟他说话总是很严肃，比如现在。可是他跟他的同学说话就很温和，比如跟这个师姐。

他还要请人家吃饭。

他们还要一起做事情。

他们还能天天见面。

乔落感觉整个人都"丧"了，也不知道为什么，就像是突然有一种病毒声势浩大地侵袭了他的情绪和神经，又像是雷雨天乌云忽然席卷了晴空。

他突然意识到，从小到大，傅识舟都有不少朋友，从他认识的罩子哥、小胖哥，到他不认识的什么师姐。然而，他却只有一个舟舟哥哥，他永远颠颠儿地追着人家跑。

他眼巴巴地看着傅识舟，带着一脸刚刚洗盘子时溅到的水珠，可怜兮兮地说："我觉得我挺乖的。"

傅识舟装了"乔落情绪探测器"，能在 0.1 秒内察觉乔落的情绪变化。但他不明缘由，不知道小崽子刚刚还兴奋得能上房揭瓦，怎么突然又不高兴了。

他帮乔落把剩下的两个牛奶杯洗干净，捏了捏小崽子的小脸，哄道："对，你最乖了，上去写作业。"

乔落不想写作业，可是又觉得不写作业这个行为非常不对。

他犹犹豫豫，手指绞了两下衣角，把手上的水珠全蹭衣服上，然后就听见自家门铃响了。

傅老爷子掐着点过来看望乔落，明明是他把傅识舟叫回来的，却假装不知道："哟，这不是我孙子吗？怎么回来了也不回一趟自己家？"

傅识舟头疼地看了一眼岁数大爱看热闹的小爷爷，说："我正要回去，您这不就来了。"

傅老爷子知道傅识舟的顾虑，点到为止，拉着乔落去说话。

乔落不想写作业，幸亏傅老爷子来救场了，就乖巧地跟着坐在沙发上，应答傅老爷子的关心。

他说两句话就要偷偷看看坐在单独的小沙发上的傅识舟，第三回的时候就看见了傅识舟在用手机打字，似乎是在给什么人发消息。

乔落立即就想到了那位师姐，那种难以言喻的丧气感又来了，从头到尾把他给裹起来，写作业的痛苦跟这种感觉比起来那都是小巫见大巫。

乔落鼓了鼓腮帮子，用壮士断腕般的口气"英勇就义"道："我要写作业了，舟舟哥哥，你不是也要忙什么事情吗？可以用我家的电脑。"

傅老爷子"哟"了一声，夸奖乔落："我们落落都愿意主动写作业啦？"

他这一下招惹了俩人，一声"哟"臊得傅识舟脸发热，一句"主动写作业"惹得乔落不好意思。

乔落小时候经常为了黏着傅识舟去傅家玩，但那是真的玩。他趴在桌子上无聊地数手指，只要没人督促，就坚决不把作业本掏出来。

陈年老账被翻出来，乔落难为情地说："我一直都主动写作业的。"

傅老爷子拍拍乔落的小脑袋，看一眼傅识舟，意有所指地说：

"识舟带落落去写作业，小乔两口子有事也去忙，今天老爷子我下厨，给我们落落做一顿压惊饭。"

乔妈妈乐道："我们俩没什么事，打算今天在家陪着落落的。我给傅叔帮忙，咱们两家人也有段时间没一起吃饭了。"

傅识舟怀疑乔落吓傻了还没好，后遗症很严重——他都愿意写作业了。

傅识舟担忧地看着他，看他掏出语文作业，又掏出数学作业，然后拿出文综卷子，继而拿出英语单词本，终于忍不住问："你要写哪科作业？"

乔落深吸一口气，像是在求签问路，十分真诚，拿出手机摇骰子，看了看点数，把文综卷子放在最上面。

接着，他掏出钢笔，一气呵成地在所有简答题下面写上一个"答"字。

傅识舟笑了，把他的数学卷子拿起来看了两眼，说："写数学，不会的可以来问我。"

乔落宛如得了圣命，把文综卷子扔到一旁，改为面对数学题，还是老套路，在所有大题的下面写上"解"字。

傅识舟要笑死了，笑得嘴角直抖，也不搭理乔落了，自己去旁边把电脑开机，用电脑登录微信，请师姐帮他开了远程操控。

他把微信窗口调到电脑界面左上角置顶，方便跟教研室的同学沟通联系。

书房里安静下来，乔落划拉着草稿纸写数学题，傅识舟敲着键盘写代码。

不过只安静了半个多小时，乔落就拿着他的卷子走到傅识舟旁边，说："我不会。"

傅识舟于是停下来，看了看题目要求，接过草稿纸给他讲题："等差数列求和公式，背一遍。"

乔落心不在焉地背公式，余光扫过傅识舟电脑桌面上的微信窗口。

其实乔落的微信账号在傅识舟的微信聊天界面上是置顶位，但因为傅识舟是第一次在这台电脑上登录微信，所以聊天界面只显示了傅识舟登录之后跟他聊过天的联系人。最近的联系人就是那位师姐，她帮傅识舟开了远程操控，发了个密码过来。

师姐的微信头像是自拍，大波浪鬈发，脸上化着淡妆，耳朵上戴着有点夸张的耳饰，笑得知性又甜美。

其实小头像根本看不了这么清楚，可乔落就是能够得出结论——师姐长得真好看。

傅识舟讲了一遍题目，细致到每一个知识点，然后问乔落："会了吗？"

乔落正望着师姐头像发呆呢，没搭理他。

　　傅识舟抬头看他，顺着他的目光看过去。乔落正在看他的电脑界面，也不知道看见什么了这么入迷，总不能是突然对他码的代码感兴趣了吧？

　　于是，傅识舟问："看什么呢？"

　　乔落说："师姐。"

　　说完他才反应过来，转头看傅识舟，慌了："不是，我……"

　　傅识舟脸色黑如锅底，显而易见不高兴了，打断乔落的话，问："她好看？"

　　乔落特别委屈，凭什么啊？自己不就看了一眼吗？他至于就生气了吗？自己看的还是这么小的照片，那大不了自己也自拍一张，让师姐看回去呗！

　　但是，他只敢腹诽，嘴上违心地奉承："好看，师姐长得好漂亮。"

　　然后，他心里说：就是没有我好看。

　　傅识舟气得脑仁疼，之前笑得直抽抽，现在气得嘴唇发抖，又联想到昨晚乔落说的有女同学给他送信。

　　小崽子还真是步入花季雨季了，看见个漂亮姑娘都能挪不动步、错不开眼，这还得了？！

　　傅识舟伸手把微信界面给关了，拿卷子卷成个筒，不轻不重地敲乔落的额头，严肃地道："别看了，师姐再好看，也比你大了好几岁。我再给你讲一遍题，再不会做我就揍你。"

乔落把自己的卷子拿回来，说："用等差数列求和公式，N加一再两式相减，我会做了。"

他蔫巴巴地回到椅子上，把题一步一步做完，然后不愿意再看数学题了，又换成了摇骰子选出来的天选学科——文综。

他把选择题瞎选一气，然后嘴里嘀嘀咕咕："你才不心疼我，我腿还疼呢，你都舍得揍。"

第五章

惯性依赖

乔落闹脾气了。

傅识舟从乔落三岁时认识他，一直到乔落现在十七岁，两个人只要同时出现在餐桌旁，乔落必定黏在他身边。

乔落小一点的时候，傅识舟有时甚至还得抱着他吃饭。乔落喜欢什么不喜欢什么，傅识舟说不定比乔爸爸乔妈妈更清楚。

然而现在，从书房出来，乔落一屁股坐在了傅老爷子和乔妈妈之间的座位上，让傅老爷子和傅识舟爷孙两个隔凳相望。

傅老爷子一愣，似笑非笑地看自己孙子一眼，给乔落夹了一块鱼肚——这活儿以前都是傅识舟干的。

乔落闷头吃饭，傅识舟食不下咽。

小崽子前一天还软乎乎地黏着他说"没早恋"，现在就要翻天了。

傅识舟喝汤走神，差点把自己呛了，一边擦嘴咳嗽，一边对傅老爷子说："爷爷，晚上我就回学校了，家里有什么要我帮忙的吗？"

傅家有两位住家帮忙的，怕老爷子不方便，傅识舟请的还是一个阿姨和一个小伙子，没有什么事是非要等傅识舟回来才能做的。

所以，傅识舟这句话的重点在于——他晚上就走。

傅老爷子说："你走呗，我能有什么要你忙活的。"

乔落闷头吃饭，一碗饭很快见了底，也不需要乔妈妈帮忙，自己去厨房盛第二碗。

全桌人都能看出来情况有些不对，乔妈妈趁这个机会问："你们怎么了？吵架了？"

傅识舟直接承认错误："我惹着他了，我的错。"

傅老爷子沉着脸教训："你都多大了？还欺负落落，不靠谱！"

乔落盛完饭回来了，继续扒饭。

小孩子们闹情绪能有多大的事，何况俩人平时关系那么铁，乔妈妈便没管他们了。

乔妈妈突然想起一件正经事，说："识舟在学校怪忙的，又在我们家陪了落落一天，不能总麻烦他。昨天我们就商量了，以后我和落落爸爸负责接落落放学，识舟就不用跑了，隔这么远，太累了。"

傅识舟看着只朝他露出一个脑袋的乔落，语气没什么波澜地说："也行吧。"

乔落"啪"地用筷子敲了一下桌子，气震餐桌，也震到了其他人，自己的手震得还有点疼。

他对着傅识舟怒目而视，看着看着就嘴一撇，刚刚的气势瞬间垮了，委屈巴巴地道："你都答应我了……"

乔妈妈拍了拍他的脑袋，说："你哥哥学校离家那么远，接你多累啊，你懂事一点。"

都没人哄他一句，乔落自己闹完脾气还得自行消化。

他可怜巴巴地看着傅识舟，商量道："那接一段时间行吗？或者你挑一天，一周一次总行吧？"

傅识舟毫无原则，直接心软。但他还是绷着，不看乔落委屈得皱成一团的小脸，跟乔妈妈商量："我这段时间还行，也不是特别忙，要不就在警察抓到那帮人之前，我都接落落吧。万一再遇上那帮人，也不能让叔叔跟他们打一架不是？"

乔爸爸在艺术界虽然算不上"大咖"，却也是有点名气的人，真和街头流氓打一架，的确不好看。

于是，事情就先这样定了下来。

傅识舟还是当天晚上回了学校，乔落刚跟他闹完脾气，不好意思撒娇耍赖不让他走，只能眼巴巴地看着傅识舟开着那辆挂着丑恐龙的车走了。

由俭入奢易，由奢入俭难，当晚乔落可怜兮兮地给自己涂了药膏，把自己裹在被子里。

第二天不能请假了，他早上六点就要起床上学。可他就是毫无睡意，总觉得傅识舟是回去找那个漂亮的师姐了。

他发愁地想：明天的叫醒服务还有没有啊？万一我迟到了怎么办？

他先发愁，再发呆，最后犯傻，扯来傅识舟枕过的那个枕头抱住，这下能睡着了。

第二天，傅识舟打了三个电话才把人给叫起来。

乔落裹着被子、抱着枕头，迷迷瞪瞪地嘟囔："我还以为你不理我了呢。"

明明是小崽子自己闹脾气，现在却一口锅扣到他身上，傅识舟好气又好笑，冷着声音说："赶紧起床，洗漱。"

乔落委屈巴巴："哦。"

傅识舟沉默了一下，没憋住，问："腿还疼吗？"

他要是憋住就好了，这一问可是惹了大麻烦。

乔落撒娇耍赖，又委屈又黏糊地哼唧："腿疼，胸口也疼，你说走就走，不管我了，也不哄我了，疼死我好了！"

傅识舟："你又闹什么？"

乔落递出橄榄枝："你哄哄我，我就不闹了。"

傅识舟捏着手机的手指都泛白了，他心里门儿清乔落是个什么属性，见杆就爬，蹬鼻子上脸，他只要哄一句就更收不住了。

于是，他只能生硬地转移话题："别撒娇，起床了。"

乔落"哦"了一声，恋恋不舍地说："好吧，那我挂电话了。"

傅识舟松了口气，语气也缓和了一些，说："去吧，晚上我接你放学。"

乔落的舞蹈课是晚上八点半下课，傅识舟第一次去接他，提前了些，路过便利店的时候下车去给他买了盒牛奶。

小崽子练了一晚上，怕是饿着了。

他特意买的低脂牛奶，乔落得控制体重，怕形体不过关。

傅识舟把牛奶热好后倒进保温杯里，生怕小崽子喝了冷的肚子疼。

乔落性子里的那点娇气，有一半得怪傅识舟，纯粹是他惯出来的。

傅识舟到了之后给乔落发了条微信，告诉他自己在停车场。想了想，怕他找不到，又补充说让他下了课发消息，自己过去接他。

隔了十多分钟，乔落回了消息，先发了个"飞扑抱抱"的表情包，然后说："我下课了！"

傅识舟抿着唇微微笑了，小崽子又活力四射了。

乔落的确很开心，有来自家人的关心和保护，他之前那点不痛快早就忘干净了，心理方面也丝毫没有留下什么阴影。

乔落换了课堂上穿的练功服，拿起自己的书包就跑，大有来个"飞扑抱抱"现场版的意思。

然而他刚走到楼梯口，就被人叫住了。

叫住他的正是给他送信、间接导致他被小混混围住的那个女孩。

小姑娘也换掉了练功服，穿一条白色的针织裙，脚上一双干干净净的板鞋，看着很是文静。

她怀里抱着一个饼干盒子，非常不好意思地说："乔落，对不起，我给你惹麻烦了，那些人……我也不知道自己是怎么招惹上的。饼干是我妈妈做的，说让我拿给你，算是赔礼道歉。"

女孩非常愧疚地又强调了一遍："对不起！"

乔落并不是斤斤计较的人，何况他骨子里和乔爸爸一样绅士，看不得女孩这么愧疚。

两个人一起下楼，乔落接受了对方的道歉礼物，想了想，说："你千万不要再招惹他们。"

女孩使劲点头，说："我爸爸会来接我放学，你最好也让家里人来接你一下。"

乔落一下子想起了傅识舟，瞬间不想聊天了，却又不能没有礼貌，所以说："我哥哥会来接我的。"

然后他一回头，就看见了大门口又高又帅的傅识舟。

乔落眼睛一下就亮了，听见女孩说"再见"，飞快地回了一句"再见"就跑向了傅识舟。

而傅识舟……脸色不大好看。

楼梯口正对着大门口，乔落和小姑娘肩并肩聊着天下楼，傅识舟正好全程围观，所处的角度还非常好。要是给他一台摄像机，他都能拍出一部校园主题的懵懂爱情电影，还是特别小清新的那种。

于是，在乔落距离他还有两三步的时候，傅识舟转身，高冷又沉默地在前面带路。

傅识舟带着乔落七拐八拐地走到了自己的停车位，上车。

乔落有些不明所以，喊道："舟舟哥哥？"

傅识舟发动车子，把保温杯递给乔落，并提醒："安全带系好。"

乔落老老实实地用安全带把自己绑上，看着傅识舟绷成了一条线的嘴唇，弱弱地问："你不高兴啊？"

傅识舟倒车出去，应道："没有，喝你的牛奶。"

乔落眨巴眨巴眼睛，自顾自地喝了好几口牛奶之后，脑子里灵光乍现。

他借花献佛地把饼干盒递到傅识舟眼前——当然也无意识中把物证呈了上去，还喜滋滋地问："给你吃饼干好不好？"

傅识舟气得心一梗，差点一脚油门就踩下去了。

他掐了一把自己的大腿，尽量克制住，拒绝道："我不吃，你也少吃，饼干热量太高了。"

乔落其实是不吃饼干的，但是看着傅识舟越来越黑的脸，他开启了越描越黑的操作——自己咬了半块饼干，还评价："挺好吃的，不是很甜，可能热量没有那么高，你尝尝嘛。"

傅识舟余光看着快要歪到自己身上来的乔落，又看到他那白皙细长的手指，然后看到被他咬了半口的饼干。

傅识舟顿了顿，歪了一下头，咬了一口饼干，的确不是很甜。

他嚼了两下，说："你坐好，把牛奶喝完。"

然后，傅识舟认命地想，小崽子是真的傻，他要是真的早恋了，怎么还会在乎一个邻居哥哥会不会出现在他的成人礼上呢？哪还有那心思。

整整一周，除了那个女孩三不五时会和乔落一同出现在傅识舟的视野里，其他都很好。

然而周五的晚上，傅识舟在舞蹈班门口比平时多等了十分钟，正皱着眉头想乔落是不是跟人家姑娘黏糊上了的时候，突然接到了乔落的电话。

电话那头的乔落犹如惊弓之鸟，结结巴巴地说："舟舟哥哥，他们堵我。"

他这话说得没头没脑，傅识舟却立即反应过来发生了什么，心头一凛，努力镇定地问："你在哪里？"

乔落说："厕所，我躲在厕所里。"

傅识舟一边往舞蹈班的大楼里冲，一边问："几楼？"

他没得到回复，只听见一声门板被踹开的声音，以及手机"哐当"掉到地上的动静，紧接着电话那头就只剩下忙音了。

傅识舟上楼的时候几乎是一步三级台阶，跟飞似的，一路撞倒了两个人。

傅识舟思考着，乔落的教室在四楼，那他现在躲在四楼卫生间的可能性最大。

然而，乔落在三楼。

他不喜欢那个女孩总黏着他，虽然他自认是个"光明磊落"的人，但还是怕傅识舟误会他早恋，所以一下课就悄悄溜了。

结果，他刚刚下到三楼，就看见了那天打他的那伙人里的一个。

对方也看见了他。

乔落想往楼下跑，因为傅识舟就在楼下等他。然而不巧的是那伙人还有同伴在二楼，轻而易举就能堵住他。

虽然有这么多人来来往往，他们应该不可能动手，但乔落还是很怕，下意识钻进了卫生间。

卫生间的隔间一面是墙，三面是门板，比较封闭，乔落觉得比较安全。

然而当对方一脚踹开隔间门的时候，给他安全感的墙壁也阻断了他逃走的路。

乔落做了个非常错误的决定，卫生间里没有摄像头，这帮人更加肆无忌惮了。

他们第一步打掉了乔落正在通话的手机，然后扯掉了乔落的书包，狞笑着把他堵在小隔间里。

乔落立即尖叫——这又是一个非常错误的决定，在他势单力薄的时候，惹恼对方是下下策。

所以，他们拿乔落换下来的练功服堵住了乔落的嘴。

乔落睁大眼睛看着他们，神情由震惊转为惊恐。只见天外飞来一个垃圾桶，准确无误地砸在了堵他嘴巴的那人的脑袋上。

那人骂了句脏话。

公用垃圾桶是硬塑料质地的，不至于直接把人砸成什么样，但是的确很疼。

用矫情点的话说，傅识舟一头热汗、凶神恶煞要杀人似的冲进来的样子，有如神兵天降——反正乔落是这么觉得的。

傅识舟占了先机，两脚就把人给踢开，飞速将吓傻了的乔落捞进自己怀里，问："没事吧？"

他来不及听乔落说话，这句问话也只是下意识地安抚。

傅识舟把自己的手机塞给乔落，护着他从隔间退到门口，嘱咐了两遍："先去楼下叫保安，我已经报警了，你就待在保安室等我，听话。"

他把乔落推出去，然后一把反锁上卫生间的门。

傅识舟"呸"了一口，眼神凶得像是饿了七八天终于看见一只肥羊的豹子。

他心里早就憋着火，乔落腿上的伤还没好利索，跳舞的时候还有些疼，回家就跟他诉苦。乔落每说一回就等于在傅识舟心头扎一刀，他都快心疼死了。

那伙人被傅识舟用垃圾桶砸外加踹两脚的举动惹火了，本来就没多少的智商瞬间清零，也没留心他锁门的动作，只骂骂咧咧地冲上来打架。

五六个正当壮年的小伙子，真打起来傅识舟绝对不是对手。所以傅识舟逮着刚刚捏了乔落下巴的人，根本就不管别人的拳头也落在了他身上。

等乔落把楼下的保安找来的时候，傅识舟已经挂了彩。

民警在二十分钟之后赶到了。

因为乔落的事情之前就有报案记录，所以案件并不难处理。但乔落和傅识舟还是要跟着回一趟派出所做笔录。

傅识舟挂了彩，往脸上捂着冰袋，给乔爸爸打了电话说明了一下情况。

乔爸爸和乔妈妈赶到的时候，乔落正蔫蔫地坐在傅识舟身边，眼眶发红。但这回他不是被吓的，是心疼的。

乔落什么事都没有，只衣服蹭脏了一点，手机摔坏了。

但傅识舟就比较惨了，脸已经肿起来，肩背等看不见的地方也有伤。

乔爸爸有点自责，说："怎么还真动手了？早知道还是我接送落落好了。"

傅识舟碰了碰自己鼻子，他刚刚亲手把那帮浑蛋打了一顿，现在心情非常好，说："不打一架他们就跑了，落落就总是不安全。这下好了，刚刚一查，带头的那个还有别的案底，够他在里头待几年了。"

等到事情全部处理完，时间将近凌晨。

傅识舟受的都是皮外伤，只是看着吓人，乔爸爸要送他去医院处理伤口，他看天色太晚，于是拒绝："太晚了，闹腾一通让爷爷知道了，他老人家又要担心我。也没伤得多严重，我买点药油回去擦擦就行了。"

　　人家是为了保护自己孩子受的伤，乔爸爸和乔妈妈满心愧疚加感谢。

　　乔爸爸拉着傅识舟，说："那得回我家处理，后背上你自己怎么擦药油？"

　　其实也没有多严重，傅识舟不是那群没脑子的小混混，打架时也只暴露了结实的肩背，会打到要害的拳头他都躲过去了——除了嘴角那一下，是被他揍的那个人急眼了，拿脑袋硬磕出来的。

　　他瞅了一眼眼巴巴地看着他的乔落，没办法拒绝，只好道："行，那麻烦叔叔了。"

　　傅识舟虽然受了伤，但还没到开不了车的地步，于是没找代驾，还是自己开车。

　　乔落亦步亦趋地跟着，乔爸爸叫他，他也不肯坐自己家的车，爬到傅识舟那辆车的副驾驶座上，给自己系好安全带，心疼地看了傅识舟一会儿。

　　他伸手想摸傅识舟的脸，又怕碰疼了，不敢真的碰到，那神情仿佛傅识舟是个一碰就可能碎掉的花瓶。

乔落后悔极了，问："你当时怎么不和我一起跑啊？"

傅识舟揉了揉他的头发，想笑，但一笑又扯到了嘴角的伤，"嘶"了一声，安慰乔落："吓没吓到？这次要不要哥哥抱？"

乔落其实很想抱抱，但是他怕傅识舟腿上哪里也有伤，于是就抓住傅识舟揉他头发的手，小心翼翼地捧着，轻轻地吹伤口，说："我还没来得及害怕，你就来了。"

他眼神又心疼又崇拜，道："你那么快就来救我了。"

傅识舟不想让他在已经被吓了一次的基础上再受伤害，故意逗他："能不快吗？我冲上四楼找你，又直接跳楼梯去了三楼，情急之下没看清，连女厕所都闯了。啧，这可算是我的人生污点了。"

乔落被逗笑，很小心地给傅识舟的手吹凉气，问："疼不疼啊？"

傅识舟不动声色地把手抽回来，小崽子用虔诚的神情看着他，捧着他不怎么好看的手，让他有些不好意思。

他转移话题道："不疼，你听话，乖乖坐好，时间不早了。"

乔落特别乖地坐正了，用的是小学生上课的姿势，腰背挺直，双手放在膝盖上，就是还歪着脑袋观察傅识舟。

从派出所回到乔家的车程有二十来分钟，乔落就目不转睛地看了傅识舟二十来分钟。

　　傅识舟被他看得血压飙升，握着方向盘的手心都出了一层薄汗，心里叫苦不迭——他真的快没办法专心开车了。

　　等到了家，傅识舟终于没忍住地揉了揉乔落的脸，故意说："哥哥是不是脸肿了特别丑？你都看了一路了。"

　　乔落摇摇头，声音软软地说："才不丑，舟舟哥哥，你好帅啊……"

　　他看着傅识舟发肿的嘴角，轻微带笑的眉眼，想起看见傅识舟出现那一刻的心安。

　　他不想让傅识舟再做别的任何人的哥哥，也不想让傅识舟对别的任何人这样好。

　　乔落蒙了，不知道自己怎么会有这样的念头。

　　他不敢再盯着傅识舟了，飞快地转过头来，说："我有点困了，你快点去找我爸爸处理伤口吧！"

　　然后，他推开副驾驶座的车门，慌里慌张地跑了出去。

　　傅识舟的伤主要在肩背和胳膊上，手上和脸上也有一些。

　　乔爸爸和乔妈妈不放心，还是打电话咨询了相熟的外科医生，并再三确认傅识舟腹部和头部没有受到撞击，然后才帮他处理了伤口让他赶快去休息。

乔落全程都不在跟前。

乔爸爸和乔妈妈担心傅识舟的情况，没有发现这个异常，可心都挂在乔落身上的傅识舟却觉得不对劲了。

在车上的时候，小崽子还担心他担心得要死，怎么回家了就不理他了？

他转念又想，自己这一身青青紫紫的，还是别让小崽子看见了，免得又掉金豆豆。

傅识舟处理好伤，自然而然地去找乔落。

太晚了，他肯定要留宿乔家，理所当然又是睡在乔落的卧室里。

乔落黏他，他就陪着乔落一起睡。

然而这天，他上楼一推门，意外地发现乔落把房门反锁了。

傅识舟沉默了。

他站在门外反思了一分钟，觉得自己并没有招惹乔落，于是又想：难不成自己受伤让小崽子生气了？

而后他又胡思乱想：或者……那个给他送信的女孩子也被骚扰了，小崽子正在安慰人家，怕被自己发现会挨骂？

傅识舟深吸了一口气，轻轻敲了两下门，叫道："乔落？"

乔落没动静，假装自己已经睡着了。

傅识舟无奈，只能求助乔爸爸，人生中第一次借宿在乔家的客房。

乔落都快紧张死了，生怕傅识舟再说什么话，他就不能再假装听不见了。

等听到傅识舟下楼的动静，乔落才松了口气，魂不守舍地坐在床上，目光都是涣散的。

他以往遇到什么解决不了的问题时，基本就是立即打电话或者奔到隔壁跟傅识舟撒娇："舟舟哥哥，怎么办？"

可是这次，让他不知所措的变成了傅识舟本人。

乔落一会儿想着傅识舟的伤，揪心又愧疚于自己任性地把傅识舟关在门外；一会儿又想起傅识舟刚才的样子，又为自己的别扭找到了一点理由。

他长大的过程一直无忧无虑，有父母为他遮风挡雨，也有傅识舟为他保驾护航，乔落第一次面对自己的负面情绪，就是对傅识舟不讲道理的占有欲。

他很苦恼，脸皱巴巴的，慢慢想着一些事，从傅识舟今天来救他，一直想到和傅识舟相处的点滴。

摆着一张臭脸却还是陪他去游乐园的傅识舟；被他蹭了一

身泥点满脸嫌弃的傅识舟；因为他生病熬夜陪他直到眼睛里都是红血丝的傅识舟；监督他写作业不讲情面的傅识舟；吃掉他因为挑食而剩下的饭菜无奈的傅识舟；那天把他从楼下抱回房间还陪他睡觉的傅识舟；今天为救他而受伤的傅识舟……

他轻轻一拽思绪的毛线球，脑袋里的一团乱麻忽然就变顺了，刚刚缠绕在一起的每一根毛线上都挂着亮晶晶的三个字——傅识舟。

他太依赖傅识舟了，这种依赖经过十几年漫长岁月的发酵，将两个毫无血缘关系的陌生人变成了最为亲近的人。

乔落坐不住了。

他有好多好多问题想问傅识舟，更觉得自己应该赶紧去看看他的伤。

他的舟舟哥哥，今天是为了保护他而受的伤。

乔落悄悄开了门，折腾了一夜，他爸爸妈妈也已经睡了。房子里黑灯瞎火，只有月光透过没有拉上窗帘的窗子照进来，在木质地板上洒下一层银白，像提拉米苏上的糖霜。

乔落踩着这层糖霜钻进一楼的客房，整个人也成了甜味的。

傅识舟没锁门，乔落钻进去的时候，他正在回复微信。

客房里只有他自己，因为身上有伤，傅识舟只穿着一条他放在乔家的休闲运动裤当睡裤，赤裸着上半身坐在床头。

他晚上本来是要回教研室调试一个程序的，结果闹腾进了派出所。失联一晚上，他手机里积压了很多来自教研室同学的消息，他得一一回复。

傅识舟抬起头看见穿着毛绒睡衣的乔落，第一反应是穿衣服。可是他本来的衣服都扔进洗衣机洗了，手边连件 T 恤都没有，强行找衣服来穿又显得太奇怪。

于是，他只能问："怎么了？"

乔落倒打一耙："你怎么睡客房了？"

傅识舟："你……不是你锁了门吗？"

乔落装无辜道："我没有呀，也可能是顺手锁了，你叫我嘛。"

乔落走到傅识舟身边看他的伤，心疼地问："舟舟哥哥，你疼不疼？"

傅识舟把手机扔到一旁，故作随意地起身去翻了翻客房的橱柜，终于找到了一条浴巾。

于是，他把浴巾披在身上，说："不疼，没事。"

他伸手揉了揉亦步亦趋地跟在他身后的乔落的头，说："我真没事，你去睡觉吧。"

乔落拽他的手，仰头看着他，小脸只有巴掌大，目光软乎乎的，问："你不理我了吗？"

这都哪儿跟哪儿？明明他才是被拒之门外的那一个。

傅识舟拿乔落没办法，只好反手牵住他的手，带着他往外走，说："刚刚是哪个小崽子不给我开门？"

乔落拖着长音，撒娇地说："不知道呀。"

已经很晚了，两个人回到乔落的房间，傅识舟翻出他放在这里的大 T 恤当睡衣，然后替乔落掖好被子，哄他："赶紧睡，明天还要上学，我送你去。"

然而乔落不肯睡，他揣着不肯示人的小心思，抓着被角问傅识舟："舟舟哥哥，我要是做错事了，你会揍我吗？"

傅识舟半趴着，免得压到自己的伤，说："会。"

乔落有些失落，又不甘心地问："那你会不理我吗？"

傅识舟在黑暗中皱了皱眉，心想今天的乔落是真的非常不对劲，难道小崽子真的要和那个女孩子有点什么了，在给自己打预防针？

于是傅识舟没给出肯定的回答，反问："你觉得呢？"

乔落摸不清傅识舟到底会不会，抿着唇想了一会儿，又问："那如果一个人只对另外一个人好，就是……也不是对其他人不好，只是没有那么好，是不对的吗？"

傅识舟睁开眼睛，在黑暗中凝视乔落那双亮亮的眼睛，沉默半晌，最后冷淡地说："又在想些什么乱七八糟的？这都几点了，我不提供深夜情感电台服务，赶紧睡觉。"

乔落被傅识舟略显严肃的话训得恹恹的，鼻子有点泛酸，很难受地说："可是我觉得这样是可以的。"

傅识舟藏在被子里的手攥成了拳头，浑身紧绷。

他想，完了，小崽子可能真的要早恋了，听起来还很严肃，只想对人家一个人好。

那……家人是不是要往后排？而邻居哥哥和他没有血缘关系，他们的关系就会逐渐变淡，最后，邻居哥哥甚至会变成"只是认识的人"？

傅识舟经历过生离，也经历过死别，自认是个经历过种种大风大浪的人。然而太多次失去亲人的经历，也让他在这一刻成了天底下最没有出息的懦夫。

他第一次发现自己如此渴望亲情，极其珍惜来之不易的亲人，尤其是这个小崽子。

在这一刻，他怕极了，像是一个即将上绞刑架的罪人，挣扎着想要逃离残忍的刑罚。

于是，傅识舟飞速地弹了一下乔落的额头，因为太紧张，第一次还弹空了，又动了一下才点到乔落的眉心。

他语气似乎有些急促，说："睡觉，否则明天又要起不来。"

他本来想说"你起不来我就不送你了",但想了想又改了口——这种威胁可能已经没有用了。

乔落安静下来,瘦瘦小小的,缩在他身侧。

傅识舟盯着乔落的小发旋儿,屏住呼吸,生怕绞刑架的绳索下一刻就勒到他的脖子上,让他不得不面对失去乔落的现实。

好在乔落没有再说什么,只是发愣,不知道在想什么。

又过了一会儿,乔落无声地朝着傅识舟的方向挪了挪,大概是怕碰到他的伤口,动作非常小心。

傅识舟祈求地想:不要再说什么了。

然而乔落又开口了,这次声音也变得小心翼翼:"舟舟哥哥……"

傅识舟像是被打开了什么开关,几乎是在乔落出声的同时就一把扣住他的后脑勺,飞速打断他的话:"闭嘴,赶紧睡。"

傅识舟像是神经过敏了,大脑里的每一根弦都死死地绷着,只要乔落再说一个字,这根弦就有可能断裂。

所以,傅识舟没发现乔落的声音里已经带了鼻音。

随之而来的是乔落带着哭腔的声音:"舟舟哥哥,你能不能只对我这么好啊?你不要接送别的人上学,也不要替别人揍小流氓。虽然你不是我爸爸妈妈生的,可我想让你只是我一个人的哥哥。"

绞刑终于来了，但绞刑架上的绳索毫无血腥气，并且开满了芬芳而又鲜艳的玫瑰，用甜腻的花香宣布——他被无罪释放。

傅识舟宛如劫后重生，握住乔落的肩膀拉开一点距离，脸上有一种如释重负的表情，道："我还去做谁的哥哥？有你一个弟弟整天闹我就要烦死了，我哪个朋友不知道乔落是傅识舟的小挂件？没人了，再也没有别人愿意让我当哥哥了。"

乔落安安静静地被抱着，眨巴眨巴眼睛，傻乎乎的。

他很慢很慢地消化掉傅识舟的话，然后才非常小幅度地动了动，伸手推了推傅识舟的肩膀，声音软绵绵地问："真的吗？我很烦吗？"

"一开始真的很烦。"傅识舟调整了一下姿势，他刚刚压到了一处伤口，到现在才感觉到疼，无声地吸了两口气，继续说，"可是后来习惯了。"

"我刚搬过来的时候你应该才三岁，估计你都不记得了，你每天像树懒似的扒着我。我刚转学过来，好不容易和同学熟悉一点，结果为了让你不要每天等我回家，我都不能跟他们一块儿去玩。我那时就觉得，小孩怎么这么烦人啊？"傅识舟看着乔落越来越委屈的表情，笑着揉了揉委屈鬼的脑袋，又说，"但后来发现，其实我如果一定要去和同学玩的话，娇气包乔落也不会跟我耍脾气，只会傻里傻气地跟在我后面，给我当尾巴。

所以，是我自己不想去玩了，还是你比较重要。"

乔落拖着长音"哦"了一声，相当会抓重点地抱怨："既然我比较重要，那你怎么还老那么凶？我觉得我好亏啊！"

傅识舟无奈地说："我凶你你还这么黏人呢……落落，我的亲人只有爷爷了，我把你当成我另外一个最亲的家人。可是你不一样，你有叔叔阿姨，还有疼你的其他长辈。我在你心里和你在我心里的分量是不一样的，所以我不敢，你知道吗？"

乔落小声嘟囔："胆小鬼。"

傅识舟心情好得不得了，纵容乔落的嘲笑，说："那我以后把你当亲弟弟，节日给你送礼物，早上叫你起床不凶你，你不喜欢吃的东西扔我碗里我也不瞪你，你让我背我就不抱，你让我周五晚上回来陪你我就不会周六早上才来。"

这些许诺太有诱惑力，乔落心向往之，然后明智地说："我不要，万一你忽然又觉得有个弟弟好麻烦，只要傅爷爷一个亲人就够了，那我不是亏大了？"

然后，他又智商在线地说："而且你早上不凶我的话，我可能要天天迟到，你一直都没嫌弃过我扔进你碗里的不肯吃的菜，我不舒服了你会第一时间来看我还给我带零食，我被人找麻烦了你就接我放学……哇，你要是反悔了，我可就亏大了。"

傅识舟耐心听完乔落的念叨，好笑地问他："那礼物呢？

不想要我送你礼物吗？"

乔落撇嘴，十分嫌弃地说："还是算了吧，我怕你再送我一本《5年高考3年模拟》。"

提起那本《5年高考3年模拟》，傅识舟的"宠弟情怀"终于理智地回归，问了一个十分破坏感情的问题："你今天的作业是不是还没写？"

乔落震惊了，难以置信地看着傅识舟："你……你刚刚还说我是你另一个家人，现在就想逼我写作业？"

傅识舟说："我还想到了你明天早上六点就得起床上学。"

乔落立即想起了被早上六点起床支配的恐惧。

气氛算是彻底被破坏光了，手足情深都是假象，乔落欲哭无泪，深深后悔："我为什么要提《5年高考3年模拟》！"

然而，有的人丝毫不为所动，铁面无私地说："因为你明年就上高三了，听话，赶紧睡觉，这都几点了？"

乔落翻了个身，背对着傅识舟，赌气地说："某些人嘴上说得好听，实际上就会欺负小孩。"

这简直没法管了，傅识舟好笑地揉了揉他的头发，说："小孩，你知道自己还小啊？睡吧，我明天送你……不是，你哥哥明天送你去上学，行了吗？"

乔落说："不是很行，我还想吃学校门口那家网红店的红油抄手。"

傅识舟刮了刮他的鼻子，声音里带着笑意："美得你，要上天了。"

乔落登时睁开眼睛，恼了，气得小脸都鼓了起来，凶巴巴地看着傅识舟："你这都不答应！我看有个哥哥也没什么好处！扔掉吧！"

小崽子太可爱了，傅识舟觉得自己一颗心像是变成了放在暖气上烘烤的糖，被焐热焐软，黏糊而甜腻。

"作威作福"应该是他的小挂件的特权，乔落就该是被宠着的。

傅识舟允许小崽子胡闹，他捏了捏乔落气鼓鼓的小脸，轻声笑着学乔落说话："哇，什么都要应你，那我可亏大了！"

乔落气得要拿拳头捶傅识舟，然而记挂着他身上有伤，舍不得，手伸出去又一顿，接着很轻地拍了拍他的背。

傅识舟被他可爱到心疼，觉得命运大概是公平的，他的双亲很早就离他而去，所以给了他最好的乔落。

从今以后，在他们两个人每一个重要的人生路口，都有另一个人陪伴。

他拍拍乔落的后脑勺，轻声说："明天我提前在外卖软件上下单，保证让你吃上红油抄手，睡吧，晚安。"

乔落高兴了，"嗯"了一声，怀着对明天一早的网红红油抄手的期待，睡了。

这天一大早，乔落居然破天荒地自己醒了，整个人容光焕发，仿佛被注射了一支强心剂，充满了干劲与活力。

曾经，即便有傅识舟的远程叫醒服务，乔落上学之前这几十分钟的时间也宛如打仗一般，那叫一个兵荒马乱。

家政阿姨来不了这么早，乔妈妈和乔爸爸轮流负责早起给乔落准备带去学校的早饭，并监督乔落不会起床之后又在沙发上睡过去。

不过因为记挂着傅识舟，这天乔爸爸和乔妈妈一同早起了，于是发现本来睡在客房的傅识舟从乔落的房间走了出来，然后乔落也出来了。

傅识舟面不改色地说："乔叔、乔姨，早啊。我刚刚去叫落落起床了，一会儿我送他去学校吧。"

乔爸爸不甚赞同："让他乘地铁，你这还受着伤呢，最好还是去一下医院。"

乔落这回破天荒站在了乔爸爸这边，说："嗯，你还是去一下医院吧。"

傅识舟拿过乔落的早餐盒，说："医院这会儿都还没上班，我先送落落去学校，然后回我们校医院看看吧。"

乔落简直就是墙头草，听完又说："也不是不行。"

乔妈妈拿了个小包，装了好几样跌打损伤的药进去，又嘱咐傅识舟："识舟你别不当回事，真的哪里不舒服就给我和落落爸爸打电话。傅叔年纪大了，就别惊动他了，你可不要一个人逞强。"

傅识舟听着这些暖心的关怀，怪不好意思的，拿了药就带着乔落往外走，说："真没事，乔叔、乔姨，你们放心吧。"

乔落颠颠儿地跟着傅识舟走了，一路上还凑到傅识舟耳边，叽叽歪歪地问："你真的没事吗？疼不疼？要不我真的坐地铁好了……"

第六章

新年快乐

傅识舟身上的伤的的确确都是外伤，不过养起来也不容易。为了防止傅老爷子看见又担心，傅识舟借口说学校忙，有一周多的时间没有回家。

自然，他也有一周多的时间没见着他的小尾巴。

乔落挺忧伤的，他舟舟哥哥不允许他总玩手机，要求他成绩不许下降，于是两个人聊天的机会也不多。

某天，早上傅识舟叫他起床的时候，乔落委屈地抱怨："我都多久没看见你了，你是不是要把我忘了啊？"

傅识舟沉默了几秒，说："行了，越来越会撒娇了，快点上课去，要迟到了。"

乔落撇着嘴挂断电话，一整天情绪都不太好。

直到晚上舞蹈课结束，乔落才久违地在大门口看见了站在那里等他的傅识舟。

路灯昏黄，把傅识舟的影子拉得很长，及膝长风衣衬得他又高又酷，是看起来特别难搭讪的那种酷，他从小酷到大。

以前读小学的时候，乔落也是个起不来床的赖床大王，每天掐着铃声的最后一秒冲进教室，有时候根本来不及吃早饭。

傅识舟读的中学和他的小学离得不算远，大课间时间长，傅识舟偶尔会出现在乔落他们班的教室门口，投喂他面包和牛奶。乔落每次都非常快乐，甚至有时候故意耍小聪明不吃饭，等着傅识舟来找他。

然后，他就会被训一顿。

傅识舟把抱在怀里的牛奶塞给他，盯着他喝完，再脸色铁青地跑回去上课。

有个这么酷的哥哥一直是乔落被同班同学羡慕的事情，乔落恨不得舞蹈班的同学也都知道门口这个酷哥是乔落同学的哥哥。

他飞扑过去，欢快地喊道："你来接我啦！"

傅识舟接过他的书包。

傅识舟想起来前一段时间乔落说他"欺负小孩"的事情，一边走一边故意逗乔落："谁来接你了，我是来拐带小孩的。"

乔落立即指着自己问："你看这个小孩够傻吗？你拐带走吧。"

傅识舟仔细看了乔落好几眼，觉得十来天没见面，小崽子好像没瘦也没胖，精气神很足。

于是，傅识舟很放心，继续逗他："这个小孩好像本来就是我家的啊。"

乔落坐上副驾驶座，给自己系好安全带，乐得一颠一颠的，撒娇地问："那我们能不能晚点回家呀？"

傅识舟给了乔落一点甜头，现在又恢复了严肃正经的样子，说："不行，你回去还要写作业，你又贪睡，能睡早一点是一点。"

乔落失望地"啊"了一声，嘀咕道："我想让你带我去看电影嘛。"

他特别失望，一张小脸惨得像是刚刚搞丢了几百万，又可怜又抱怨地看着傅识舟，用眼神谴责他冷酷无情。

于是傅识舟绷不住了，咳嗽了一声，说："等寒假，行不行？"

乔落仍旧非常不高兴，说："寒假不行啊，你每年寒假大半时间都不在这边，也不告诉我都是去做什么了。"

他忽然脑洞大开，震惊地问："你不会其实还有一个青梅女朋友吧？"

傅识舟有点想笑，点了点他的鼻头，说："好啦，别不高兴啦，今年我只元旦的时候离开几天。我已经跟教研组请假了，之后整个寒假都会陪着你的。"

乔落很好哄，有个好消息就能哄得他高兴起来，何况是拥有傅识舟一整个寒假这种天大的好消息。

于是他就不苦着脸了，凑到傅识舟身边，确认道："真的？你可别欺骗小孩啊。"

这个梗是过不去了，傅识舟没绷住笑出声，摸了摸乔落软乎乎的头发，说："不骗你，而且哪来的什么青梅女朋友？我有你这个弟弟就够了，我是去看我另外一个爷爷。"

傅识舟七岁的时候被傅老爷子带回家，乔家虽然和傅老爷子交情不浅，但是从来没有聊到过傅识舟的身世。

傅老爷子对此讳莫如深，而傅识舟的父母也从未出现过，所以傅识舟的身世显然是个不太好提及的话题。

乔爸爸和乔妈妈非常尊重人，不会主动揭人家伤疤，也不会好奇别人家的隐私，所以从来没有提过这方面的事情。

乔爸爸和乔妈妈甚至还在乔落一开始出现非常黏傅识舟这个苗头的时候，严肃地叮嘱过乔落，在他舟舟哥哥面前一定不可以问任何关于爸爸妈妈的问题。

所以，关于傅识舟的身世，乔落是真的一点也不知道。

他琢磨着父母对自己的叮嘱，不想让傅识舟觉得他冒失，可又想着这是傅识舟主动提起的，应该不会让他舟舟哥哥难过，于是非常慎重地问："另一个爷爷？"

傅识舟很久没有跟别人提过这个话题了，现在回想起来都觉得故事尘封已久，满是尘土，他甚至没有想过自己还会对别人提起。

不过，乔落已经是他最亲近的人了，于是他实话实说："是我的亲爷爷，但是他生病了，老年痴呆，还有轻微的脑血栓。那年他没有能力再照顾我了，所以小爷爷才会把我带回家。"

然后，他才可以认识这么好的乔落。

乔落思想单纯，但他只是被父母和傅识舟保护得太好，没见过那些阴暗和不堪，而不是真的傻。

所以，他现在能够感受到傅识舟并不是很愿意谈这个问题，便乖巧地没有追问往事，只是说："要不……你还是去陪爷爷吧？我可以乖一点。"

乔落乖巧的时候是真的招人疼，尤其是他那双澄澈的眼睛里还明晃晃地挂着关心。

他是一块璞玉，毫无瑕疵，未经雕琢，未经修饰，纯真又美好。

傅识舟一颗心顿时变得很柔软，他伸手揉了揉乔落的头发，不想让乔落多想，只是说："我陪你就好，会有人去陪我爷爷的。"

傅识舟告诉乔落自己要离开一段时间的方式十分有技巧，于是乔落被忽悠得晕晕忽忽，只顾着高兴寒假傅识舟会在家这件事了。直到元旦来临，他才后知后觉地意识到寒假能和傅识舟一起玩的代价是傅识舟不能和他一起跨年。

乔落以前黏着傅识舟，能当着父母的面跟傅识舟撒娇说"舟舟哥哥你哄哄我"，现在却有些不敢，也不好意思了。

元旦放假三天，老师们体贴这是高二学生能轻松度过的最后一个元旦，特意少布置了作业。乔落前一天就在傅识舟的视频监督下把作业全部写完了，乔爸爸乔妈妈特批他可以看电视玩游戏，但乔落心不在焉。

他想念傅识舟是很自然的事情，但这一次的想念令他感觉特别煎熬。

他希望在零点钟声响起来的时候，能听到傅识舟亲口对他说："新年快乐，落落。"

尤其是当他听到主卧室里妈妈收到爸爸悄悄准备的新年礼物没控制住发出一小声惊呼时，就更想念傅识舟了。

他偷偷给傅识舟发了条微信："浪漫的乔先生给乔太太准备了礼物，讨厌的傅识舟没有对落落说新年快乐。"

然而，傅识舟大概是在陪他爷爷，没有回消息。

乔落气鼓鼓地在电视机前坐了一会儿，直到乔爸爸洗了一盒草莓端过来，问他："发什么呆呢？"

乔落一口吃了两颗草莓，小嘴塞得快动不了了，这才忽然想起来，傅识舟昨天和他视频的时候就已经告诉了他今天可能没有太多时间联系他。

于是他问乔爸爸："怎么办呀？明年这个时候我都要艺考了。"

对于这个问题，乔爸爸深感欣慰："你可终于知道着急了。"

然而乔落其实不着急，他只是在转移话题，于是又一口吃了两颗草莓，吃完说："我去舞蹈房了，吃晚饭的时候才会出来。"

乔家别墅的三楼被改造成了舞蹈房，使用频率非常高。

乔落小的时候，乔家一家三口经常会同时在舞蹈房练习，乔落准备六一儿童节要表演的节目，乔爸爸和乔妈妈练习巡演的双人曲目。

现在，乔落"噔噔噔"地跑上楼，把手机扔在门口的地板上，最后确定了一次傅识舟并没有给他回消息，就开了音乐闷头苦练。他练基本功就练了好几个钟头，饥肠辘辘，又饿又累。

乔家的晚饭是在外面的餐厅订的，送了过来。

和往年一样，乔爸爸照常邀请了傅老爷子来他家一同跨年，不同的是今年傅识舟不在。

乔落饿得慌，又没有傅识舟给他黏着，于是一顿饭少说话多动筷，吃得肚子溜圆。

傅老爷子年纪大了，跨年也就是说一说，坚持不到凌晨就会犯困，十点多的时候就打着哈欠表示自己要回家睡觉去了。

乔落也跟着起哄，一个劲地嚷嚷自己困死了，乖乖送完傅老爷子就钻进了自己卧室。

傅识舟给他回消息了。

上一条消息是他说的傅识舟是"讨厌的傅识舟"，于是傅识舟给他发来的消息是一个小程序，小程序名叫"讨厌的傅识舟送给落落的新年礼物"。

乔落看着这个小程序名就高兴得在床上打了三个滚，然后打了视频电话过去。

傅识舟接得很快，只是形象不佳——他脑袋上还顶着一块毛巾，看着怪滑稽的，应该是刚洗完澡。

乔落却顾不上这么多，撒娇道："你叫我一声。"

傅识舟装模作样道："落落？乔落？"

乔落又在床上打了个滚，不依不饶地问："修饰语呢？"

傅识舟不理他，岔开了话题，问："我小爷爷是在你家吃的晚饭吗？我给他打电话，结果他手机关机了。家政阿姨和小哥都回去过节了，小爷爷估计又忘了充电。怎么样，他还挺高兴的吧？"

乔落带着小情绪说："傅爷爷很高兴，然而落落不高兴。"

傅识舟快笑死了，拿毛巾继续擦了擦自己的头发，然后把毛巾扔到一旁，坐到椅子上，看着乔落问："不高兴同学，有跟爸爸妈妈说新年快乐吗？"

坏了，他忘了这件事，乔落心想。

乔家的传统是十分浪漫且具有仪式感的，像跨年这种重要的时刻，家人都是要互相祝福的。

乔落把这么重要的事给忘了。

他从床上爬起来,对傅识舟说:"你等等我,我要下楼一趟!"

傅识舟"嗯"了一声,说:"快去。"

乔落穿着小拖鞋"吧嗒吧嗒"地下楼,装模作样地揉了揉自己的眼睛,装出一副十分困顿的样子,还打了个哈欠,走到客厅说:"爸爸、妈妈,我忘记了一件事。"

他先拥抱了爸爸,说:"爸爸新年快乐!"

然后他再拥抱妈妈,说:"妈妈,新年快乐!妈妈会永远年轻漂亮!"

作为家里唯一的女士,乔妈妈在节日里永远是最受宠爱的那一个,老乔先生和小乔先生都会说甜言蜜语。

永远年轻漂亮的乔妈妈伸手点点乔落的鼻子,说:"快去睡吧。"

乔落跑回卧室,还惦记着之前的事情,拿起手机对着自己的脸,故意装出不高兴的样子,说:"不高兴回来了。"

傅识舟很想揉他的头发,但是办不到,就只能摩挲了一下自己的指尖,然后说:"落落,去看看那个小程序。"

小程序是傅识舟自己设计的,乔落打开一看,只见界面写着"元旦关卡NO.1"。乔落点进去,发现是个操作小人点烟花的

124

小游戏，难度不高，他玩第三遍的时候通关了，获得了游戏奖励。

游戏奖励是一条语音，乔落把手机凑近自己的耳朵，点开之后听见傅识舟温柔的声音传出来："落落，新年快乐。"

元旦假期只有三天，假期结束乔落就老老实实上学去了。可傅识舟却请了四天假，陪了他爷爷整整一周才返程。

老爷子已经谁也不认识了，拉着他的手叫他"维远"，像是对待什么宝贝，给他吃芝麻糕，又跟他说了许多句"对不起"。最后，傅识舟要走的时候，老爷子哭得像几岁的小孩子。

他心里难受，回程之后行李都来不及放回寝室，就打车直奔乔落的学校。

他们像是阔别已久后重逢，但其实只分别了七天。

乔落什么也不知道，只顾着开心，兴奋得小脸红扑扑的，得意地问："你是不是想见我啦？"

傅识舟一只手拖着行李箱，把乔落的书包也挂在上面，另一只手牵着乔落，平静地说："嗯，舟舟哥哥想见你了，所以没回去开车过来，得打车送你回去。"

把乔落送回家，傅识舟便回了自己家。

毕竟他有乔落拯救低迷情绪，家里的孤独老人却没人陪，心情不太好。

傅老爷子算着今天傅识舟应该会回来，从下午就开始心神恍惚。他人在客厅，却故意把手机扔在了二楼的书房里，假装自己不着急。

家政阿姨眼睁睁看着老爷子去门口张望了三回，以为老爷子是想念多日没见的孙子了，劝说道："小舟都上大学好几年了，您也该习惯了，快别站门口了，当心着凉。"

一句"小舟"把傅老爷子的思绪拉到了很远很远的地方，他想起了当年的事情，大伙儿都叫周望归"小周"，只有他比人家年纪小，叫人家"周哥"。

当初他把傅识舟接回家，第一次知道这孩子名字的时候，躲进厕所偷偷哭了一回。

傅识舟，傅维远认识周望归。

他想起了傅识舟刚刚过来的时候带给他的一封信，是周望归还没有病得那么厉害的时候写给他的。

周望归在信里问：维远，认识我，你后悔吗？

傅识舟一回家就看见他小爷爷坐在沙发上发呆，情绪不太好，看见他回来还偷偷抹了一把脸，然后才故作淡定地对他说："不是下午的飞机吗？又去接落落了？啧啧。"

爷孙俩心里装着同一段往事，只是看的角度不一样，都挺难受的。

傅识舟让这几天都没回家、留在这里照顾老爷子的家政阿姨煮了碗汤，道了谢后便让阿姨下班，然后握着傅老爷子的手说："小爷爷，你想好了吗？今年过年，你要去陪我爷爷？"

傅老爷子假装严肃地说："不然呢？你这个不肖子孙的心已经飞了，我看是指望不上了，当然只能我这把老骨头去陪他那把老骨头了。"

傅识舟没戳穿老爷子的逞强，伺候他吃了两片药，才说："今年我爷爷状态更不好了，人看着也不精神。今天我走的时候，他一直拉着我的手跟我说……"

他握紧了傅老爷子的手，老爷子毕竟快八十岁了，真的受不了大刺激。可也正因为老爷子快八十岁了，有些话必须听到，不然将会是一辈子的遗憾。

傅识舟说完，松开傅老爷子的手，把汤碗和药盒都放在茶几上，说："小爷爷，你手机呢？我给你拿过来。"

傅老爷子抓着沙发垫，说："在书房呢，你给我打开电视机，我看一会儿，你别吵我啊。"

傅识舟把电视机打开，将遥控器放在傅老爷子手里，然后把手机插上移动电源也放在旁边。

他给乔落发微信："落落，睡了没？"

乔落刚回顾完傅识舟去校门口接他，同学们羡慕地看着他的场景，正美着呢。

看了看消息，他趴在床上回复："还没有，你呢？"

傅识舟几乎能"脑补"出乔落软绵绵的语气，嘴角不自觉地弯了起来，说："我刚刚发现我家还有几个小烟花，要不要出来偷偷放掉？"

市区不让放烟花，撑死了能晃一晃那种手拿的仙女棒。但是乔落非常好骗，没过多久就穿着毛茸茸的棉睡衣溜了出去，眼睛亮亮的，问傅识舟："烟花呢？"

傅识舟非常厚脸皮地说："哥哥骗你的。"

明月高悬，星光点点，月光从树影的缝隙洒下，一地礼花碎片。

乔落看着天上的星星，"哦"了一声，问傅识舟："你干吗骗我出来啊？"

冬夜很冷，却又很温暖。亲情、友情、爱情，人世间这些美好感情的意义大概就在于此，让人在踽踽独行的夜里觉得有光，在蹒跚徘徊的冬日觉得心是热的。

院子里的树光秃秃的，只挂着几片颜色枯黄却还没掉落的叶子，在风中微微晃动。可傅识舟想，就快了，春天一来，新的嫩芽就会长出来。

爷爷们的往事带给他的负面情绪终于被净化，傅识舟揉着乔落的后脑勺，说："落落，我们太久没见了。"

第七章
运气真好

按照乔落的设想，傅识舟留下来陪他一个寒假，那就可以带他吃小吃、看电影，还可以去游戏城玩。

然而现实是，傅识舟放假回家第一天就把他抓到书房逼他写寒假作业。

乔落一整张娱乐计划清单变成了好几张习题卷，整个人像一棵极度缺水的小树苗，连枝条都蔫巴巴地垂着。

他问傅识舟："说好的陪我玩呢？"

他把重音放在"玩"字上，幽怨地盯着傅识舟，用目光斥责他。

然而傅识舟才不理他，桌子上是习题山和卷子海，傅识舟面无表情地驳回乔落的出门申请，给他讲立体几何和三角函数，还盯着他背了一下午的"事物是普遍联系的"。

后来乔落闻见卷子的油墨味都想吐了，哀怨地说："我的假期太苦了。"

学习也得劳逸结合，傅识舟看看作业完成情况和时间，伸手揉了揉被折磨惨了的小尾巴的脑袋，变魔术似的掏了两张电影票出来，说："明天带你去看电影。"

看电影是傅识舟之前就答应他的，乔落为了这场来之不易的电影，一大早起来就对着穿衣镜臭美，死活不肯穿羽绒服，一定要穿显得成熟稳重又帅气的羊毛大衣。

结果，他还没出门就接到了傅识舟的电话："你小胖哥和罩子哥回来了，说一起约着出去聚聚，带你去，去不去？"

乔落好失落，拽着自己酷酷的羊毛大衣扣子嘟囔："我想去……可是……"

他撇撇嘴，小声抱怨："可是你说好带我看电影的。"

傅识舟说："多买两张票，我们一起去。"

乔落急了："我是想和你看！就我们俩！"

手机那头的傅识舟笑出声来，不逗他了："快出来吧，电影票我改成了晚上的场次，就我们俩，不让他们掺和。"

乔落不臭美了，换上羽绒服出门，耷拉着小脸坐上副驾驶座，一副怨男的形象，说："走吧。"

傅识舟没发动车子，伸手揉了揉他的脑袋，问："不高兴啦？没想起来忘了点什么？"

乔落不给他揉，躲了两下，靠在车窗上，抱怨道："我快把你忘了。"

傅识舟松了自己的安全带，侧过身去挤乔落，问："这么生气，那还给我当小尾巴吗？"

"小尾巴"是好些年前的叫法了，傅识舟后来都不这么叫他了。

乔落手指抠着安全带，被傅识舟一句话就给哄得不争气地开心起来，小声说："给……的吧。"

他们约了中午一起吃饭，和几年前一样，还是选的最爱的肯德基。

傅识舟和乔落到的时候，里头的人已经点好了三个巨大的"桶"。

乔落见着人还是用小时候的称呼叫他们："小胖哥、罩子哥。"

小胖哥其实已经不能叫"小胖哥"了，他比高中那会儿瘦了很多，又长得很高，要不是他还戴着那标志性的黑框眼镜，乔落差点认不出他来。

因为以往的寒假傅识舟不在这边，暑假几个人也经常留校或者出去玩，乔落已经好几年没见过小胖哥和罩子哥了。小时候，他老跟人家凑一块儿玩，他们的感情其实挺不错的，见了面他也就忘了不能和傅识舟单独出去玩的那点小事。

罩子最喜欢开玩笑，看见乔落就立即又点了个新品甜筒，然后把自己没吃的那个递给乔落，旧事重提地问傅识舟："你这小尾巴还走到哪儿带到哪儿啊？我还以为他长大了就不赖着你了呢，那现在他吃冷饮还需不需要跟你请示？"

傅识舟接过甜筒替乔落拿着，说："先吃点别的再吃凉的。"

乔落老老实实拆了个蛋挞，就看见一个姐姐拿着几个派走过来。胖子立即起身接过东西，甜甜蜜蜜地让女生坐在他身边，然后炫耀地说："来来来，兄弟们，我隆重介绍一下，这位是我的女朋友。"

他腻腻歪歪地给他女朋友拆了个派，又介绍几个兄弟："罩子刚刚介绍过了，那个，傅识舟，也是我中学时候的铁哥们儿，还有一个郁子恒在遥远的异国没回来，以后有机会再给你介绍。然后就是旁边那个小帅哥，他是傅识舟的小尾巴，属于我们 F4 的编外成员。"

互相打过招呼，罩子非常不甘心地问傅识舟："帅哥，你脱单没？我是真没想到啊，当初的那个胖子脱单竟然比我早！"

傅识舟不动声色地喂了乔落一口甜筒，笑着忽悠道："赵啊，这桌只有你一个人孤孤单单的。"

罩子目瞪口呆三秒，胖子先反应过来，说："你这就不对了，太不够哥们儿了，我把女朋友带回来可是立即就介绍给你们认识了，你赶紧把人叫出来。"

傅识舟喂乔落吃了大半个甜筒，大冬天的，还是怕他胃疼，于是剩下的一点就自己吃了。

他把乔落的椅子往自己身边拽了一下，故意说："以后有机会再说吧。"

罩子被打击到了，半晌才反应过来，挣扎着说："什么叫就我一个人孤孤单单的？不是还有乔……不是吧？小尾巴，连你也背叛盟军了？"

乔落正吃着汉堡偷偷摸摸往傅识舟跟前凑呢，话题忽然落在他头上，他差点被汉堡噎到。

傅识舟却相当淡定，给他擦了一下嘴角沾着的鸡肉渣，替他打圆场："下回一起给你们介绍。"

罩子起哄起得比谁都热闹："下回是什么时候？要不我们明天再约一次怎么样？"

胖子上高中的时候连封情书都没收到过，还经常负责替女生给罩子和傅识舟送情书，怪可怜的。

傅识舟心疼兄弟，不抢人家做主角的机会，还很给面子地给胖子换了个称呼："今儿胖帅是主角啊，你赶紧问问他是怎么追上嫂子的。我的话……等暑假吧，咱们出去旅游，我带家属。"

胖子被叫一声"胖帅"，感动得立即端起大可乐敬傅识舟："好兄弟！到时候乔落也去，都带家属！"

乔落虽然从小和他们混在一起，但是其实每次聚会他能说话的机会都不多。

这次也一样，他插不上话，就只能拿着可乐有一搭没一搭地喝，喝也不好好喝，都快把吸管咬烂了。

傅识舟都没看他，却精准地把吸管从乔落嘴里拯救了下来。

乔落于是跟着被夺走的吸管一起凑到了傅识舟跟前，像一条被钓起来的小鱼，吸管是鱼线，傅识舟是鱼饵。

以前都是他跟尾巴一样黏着傅识舟来他们的聚会，就算无聊到头顶长蘑菇也不敢多说一个字，生怕傅识舟以后不带他了。

不过现在，他的地位明显提高了，他非常有底气地提要求："我还想吃蛋挞。"

虽然乔落是凑在傅识舟跟前说的，但桌子就那么大，别人自然也听得见，罩子一听就乐坏了："乔落你都多大了？我算算啊，比我小五岁……你都十七岁了！我说你怎么还这么怕傅识舟啊？来来来，罩子哥带你去买。"

乔落撒娇被罩子半路截和，又不好意思还死拽着傅识舟，于是在桌子底下踢了傅识舟一脚，就跟着罩子去买蛋挞了。

其实乔落根本吃不下，说想吃蛋挞只是他缠着傅识舟想走的借口。罩子给他买了蛋挞回来，他也吃不下，就拿把小勺子把蛋挞心舀着吃了，把蛋挞皮扔到傅识舟面前的汉堡盒子里。

傅识舟看了罩子一眼，把乔落扔过来的蛋挞皮吃掉，说："十七岁怎么了？他二十七岁也照样把不爱吃的都往我这儿扔。"

罩子满脸疑惑："这有什么好骄傲的吗？"

然而乔落却被傅识舟这话说得耳根都红了，也不撒娇了，往桌子上一趴，装乖巧。

傅识舟拿湿巾擦了擦嘴，拍拍他的脑袋，对胖子和罩子说："你们回来之前乔落就说要跟我去看电影的，时间差不多了，我们先撤了，回头联系。"

罩子问："什么电影？反正我们也没事，一块呗？"

傅识舟掏出手机看了看电影票，说："《偏远》，是部刑侦片，最近评分很高。"

乔落紧张得直拽傅识舟的衣角，拼命给傅识舟使眼色，生怕罩子真的一时兴起跟着去。

傅识舟憋着笑说完后面一句："我买的这场没票了。"

胖子在一旁起哄："有票我也不跟你们一块儿，我要去跟我女朋友约会。"

罩子快气死了，原地化身"柠檬精"，嚷嚷道："毁灭吧！绝交吧！"

乔落期待好久的电影终于来了。

大冬天的，他心里就已经万物复苏了，桃花海棠遍地开，都是粉红色的。柳条被风吹来吹去，挠在他心尖尖上，痒痒的，枝头的黄鹂还一个劲地扑棱着翅膀唱歌。

电影是晚上七点多的，现在过去太早了，但他们还是提前来到了电影院外面。电影院在一个商场里，倒是可以逛一逛。

乔落看见场次时间的时候就知道自己闹腾得太早了，观察了傅识舟一会儿，说："我又闹你了。"

傅识舟说："你天天闹我。"

乔落歪着脑袋趴在楼层的栏杆上看傅识舟，问："那你还会让着我吗？"

傅识舟说："我天天让着你。"

乔落又开心了，歪着脑袋想了一会儿，说："那你陪我去打电玩吧。"

傅识舟带着乔落去了商场六楼的电玩城，兑换了游戏币，但没过多久就快用光了。

乔落就是个游戏黑洞，只输不赢，最后惨兮兮地跟傅识舟说："走吧，我不玩了。"

他那样子太惨了，委屈巴巴的，傅识舟拿着剩下的四五个币说："还有几个，你不玩就看我玩。"

傅识舟随便开了个投篮机，十分钟后把纪录给破了，又给乔落兑出来一堆币。

乔落抓着游戏币，一脸崇拜地道："你也太厉害了吧！"

作为一个厉害的酷哥，傅识舟也不是没有收到过这种崇拜的目光，然而这种目光如果是来自乔落，就显得不太一样了。

傅识舟故作淡定地问他："要学吗？"

乔落当然要学，站在傅识舟身前让傅识舟指导他怎么投篮。

俩帅哥一块儿玩投篮机本来就是很养眼的画面，何况其中一个技术还那么好，很快就吸引了一圈人围观。

乔落容易分心，听见有人议论他和傅识舟帅，心里美滋滋地冒泡泡，一不留神把篮球砸在了对面的篮板上，反弹回来差点撞着两个人，被傅识舟一把给拦下。

傅识舟数落道："专心点。"

乔落歪着脑袋撒娇："不是有你吗？"

傅识舟简直拿他没办法，把篮球塞回乔落手里，说："那你也要自己试一试。"

等时间到了，两个人走进电影院。

乔落在放映厅坐着，根本没办法好好看电影，脑子里"嗡嗡"响，感觉是被投篮机那个"哐哐哐"的声音给吵的。

玩投篮机的时候，周围的人议论的话他都听清楚了，其实更多的是对傅识舟的夸奖。

人们夸他技术好、有耐心、长得帅。

乔落眨巴眨巴眼睛，在放映厅昏暗的光线下看傅识舟的侧脸，美滋滋地想：我运气可真好，三岁的时候就认识了傅识舟，不然他可能就是别人的舟舟哥哥了。

傅识舟和乔落一家说自己要去陪傅老爷子过春节，但是实际上他哪里也没有去。

傅老爷子当初带他回来，这么多年爷孙俩感情深厚，可是这并不代表傅识舟就不是傅维远心里的伤口。

他不想去打扰好不容易解开心结的两位老人。

没什么事情可做，傅识舟就继续设计给乔落的那个小程序。乔落只见识了"元旦关卡 No.1"，但其实后面还有春节关卡、元宵节关卡等，傅识舟都已经做完了。

除夕晚上，傅识舟一个人煮了碗速冻水饺，打开电视机把春晚节目当背景音，没坐在沙发上，在客厅地毯上铺了一条毯子，抱了个抱枕，就在茶几上吃他一个人的年夜饭。

今年的春晚还没开始，正在播的是去年的春晚。

第一回自己一个人过春节，傅识舟倒是没觉得自己有多可怜。但是看着电视上的团圆节目，他想起了去年乔落来他家送饺子的样子。

想到乔落，傅识舟拿起放在沙发上的手机看了看。

上一条消息是乔落把自己外公写的春联照片发给他看，他回复了一句"好看"。

然后就没有然后了。

乔落已经整整十个小时没搭理他了。

两个人上一次分别还是元旦的时候，当时乔落黏他黏得跟什么似的，几乎每过一个小时就要联系一次才行。

这才几个月，小崽子就对他爱答不理了！

傅识舟黑着脸把手机扔回沙发上，用胳膊撑着地面站起来，去切了几个橙子和火龙果来吃。

橙子吃到一半，沙发上的手机要命似的振动了一通，傅识舟拿湿巾擦干净手后拿起来看，是乔落打来的语音电话。

傅识舟接通电话，很轻描淡写地"喂"了一声，听乔落在那头对着他来了一招先发制人："你居然一条消息也没有给我发？你是不是忘了我了？！"

傅识舟把电视机的音量调小，专心打电话，说："我在忙，你不是也没给我发？"

乔落气哼哼地道："我今天去串门了，都到人家家里了才发现没带手机。我怕你找不到我，都快急死了，结果你居然没找我！"

这种情况属实在傅识舟意料之外，他愣了一会儿，生硬地转移了话题："你吃饭了吗？"

乔落又把话题给拽了回去："吃什么吃！我一回家就冲到阳台来给你打电话。"

电话那头很应景地传来乔妈妈喊乔落吃饭的声音，于是傅识舟说："那你先去吃饭。"

乔落心有不甘，磨磨蹭蹭不想挂电话，乔妈妈都找到阳台上来了，他才说："你等我打完电话，很快。"

然后，他在电话里问傅识舟："你真的都不想我吗？"

傅识舟在电话这头，捏着遥控器换台，换了三个台才说："没有不想你，你快去吃饭，我等着和你一起守岁。"

等乔落去吃饭了，傅识舟就愉快地洗干净了刚刚扔在水池子里的碗筷，然后把频道调到中央一台，还拿了两包乔落最爱的口味的薯片和一包乔落最喜欢的牌子的话梅，准备好和乔落隔着几千公里的距离用手机一块儿守岁了。

乔落赶在春晚开播前吃完了饭，给傅识舟发来消息："舟舟哥哥，我吃到了包了开心果的饺子，我姑姑说我未来一年都会只有开心！"

他还是这样，什么都想和傅识舟分享。

傅识舟看完消息，想了想，又去自己的房间翻了翻。寒假这段时间，乔落有时候会来他家复习功课，他给乔落准备了一个零食筐，里面全是乔落爱吃的东西。

零食筐里还真有一包开心果，傅识舟拿出来剥了两颗吃，然后给乔落回消息："落落未来每一年都会只有开心。"

乔落心里美滋滋的，因为他有傅识舟，其实过去的每一年也都只有开心。

他一心好几用，一边和家人聊天，一边刷微博上的春晚段子，看到好笑的就发给傅识舟，后面跟着一连串的"哈哈哈"。

傅识舟的嘴角就会随着这一连串的"哈哈哈"变弯，想着乔落乐得一抖一抖的模样，他一颗心就会变得无比柔软。

他突然有点手痒，想揉揉小崽子软软的头发。

傅识舟用抱枕抵住下巴，然后给乔落回复："小傻子。"

乔落立即不干了："不好笑吗？"

看微博段子哪里有看自己的小尾巴好玩，但现在是除夕夜，傅识舟惯着乔落，配合道："好笑，哈哈哈！"

到深夜十一点多的时候，乔落"哈"不动了，困得字都不想打，给傅识舟发语音，声音软软的，还带着困意："舟舟哥哥，我好困呀。"

傅识舟把这段语音听了三遍，然后才打字说："困了就去睡觉。"

他看着自己发过去的这一行字，觉得太生硬了，又撤回，重新打字发过去："困了就去睡吧。"

乔落一心好几用，但是又困，没看见傅识舟发的第一条，立即就给傅识舟发了个"每次你撤回消息，我都觉得你在说我坏话"的表情包。

傅识舟哭笑不得，乔落软软的声音伴随着语音消息又发了过来："你给我发语音吧，你说一句话。"

紧接着，下面是没办法当着爸妈的面说的话，他改为发文字消息，还发了两条。

"这是我说的，你不要抢。"

"新的一年，我还是会陪着你。"

傅识舟盯着那两行字，彻底放松地靠在了沙发上，发语音："以后的每一年，我都会陪着你。"

这条语音消息支撑着乔落熬过了凌晨，他对傅识舟说"新春快乐"，傅识舟给他发了早就做好的小程序。

乔落实在困得不行，玩了三遍还是没能通关，就给傅识舟发了个"哭哭脸"的表情包，撒娇地说："你欺负我，我玩不过去。"

傅识舟并不困，春晚的节目他也并不感兴趣。

乔落要去睡了，傅识舟关掉电视机，回到卧室坐在床上给乔落发消息："那就明天再说，困了就快点睡。"

乔落打着哈欠说："别吧，万一你又夸我呢？我想一想就睡不着觉。"

他困得都睁不开眼睛了，还在撒娇："那要不你现在夸我，我就去睡。"

傅识舟对乔落的每种语气都非常熟悉，听着那动静都能想象出乔落下一秒就能睡过去的呆萌样子。他躺在床上，觉得枕头上都还留着乔落的味道，于是心软了。

他按了按眉心，深吸两口气，在黑暗中无声地动了动嘴唇，刚想对着手机说话，乔落却已经率先发了一条语音消息过来。

傅识舟按在说话键上的手指动了动，先点开了乔落的消息。

乔落声音软软的，带着困意和喜悦。

他说："谢谢舟舟哥哥的压岁钱。"

看来小崽子是已经把小程序的游戏玩通关了，然后拿到了他设置为通关奖励的红包，红包上写的是"压岁钱"。

傅识舟于是把要说的话换成了："不客气，晚安。"

第八章
成人礼

寒假之后再开学，乔落就陷入了纠结之中。

一方面，艺考的最后关头眼看就要来了，他希望日子过得慢一点。另一方面，他十八岁的生日也快到了，他又对那一天怀着憧憬和期待。

然而，当乔落终于等来自己生日的时候，又觉得理想和现实永远有着天壤之别。

乔落的生日在五月底，是个周四，不是假期，他要去上学，又要去艺术学校训练，好不容易撑到了晚上，为了艺考他连生日蛋糕都不敢吃。

他期望值太高，对于"成年"这个概念充满了幻想，总觉得这是人生中意义非凡的一天。然而实际上，他这个生日除了祝福里多了一句"以后你就真正长大了"，没有任何特殊的地方，于是失望值就更大了。

人难过的时候想吃甜的，这句话是对的。

家人在外面给他过生日，乔落吃了两口牛腩，眼巴巴地看着傅识舟，说："我想吃蛋糕。"

家人压根儿就没给他买蛋糕，虽然乔爸爸和乔妈妈都是很注重仪式感的人，但艺考当前，自然还是考试更为重要。

傅识舟给他夹了一筷子蘑菇，睁眼说瞎话："给你，蛋糕。"

乔落不想吃，有傅识舟在他就无所顾忌，下巴搭在桌沿上，嘴里嘟囔："早知道寒假我就该多吃点垃圾食品……"

傅识舟拍拍他的肩膀，道："起来，好好吃饭。"

乔落心里那叫一个委屈，凭什么啊？他都十八岁了，是正儿八经的大人了，傅识舟怎么还把他当个八岁小孩似的训啊？

他气得鼓了鼓脸，愤怒地瞪了一眼傅识舟，然后把自己碗里的菜全倒进傅识舟碗里，说："我不吃！"

他简直就是找碴耍脾气，乔妈妈看不下去了，说："落落，你都十八岁了，怎么还瞎闹？你自己要考试，不能吃蛋糕，欺负人家识舟干什么？"

傅识舟毫无心理障碍地慢慢吃乔落的剩菜，说："乔姨，没事，他也就跟我撒个娇。"

乔妈妈说："你别惯着他。"

傅老爷子接了话茬，拿出一个玉坠子，说："落落跟自己家人那么严肃干什么？来，傅爷爷给你的生日礼物兼成人礼物。"

那坠子看着就价值不菲，乔落一家人都说太贵重了不能收，那块玉也确实品质上乘，可只有傅识舟知道那坠子价值到底有多"不菲"。

贵重的不是物件本身，而是其代表的意义。

那玉坠子原是一对，原本收在他爷爷那里。他小时候就见过，

148

爷爷总爱对着这对坠子愣神。后来他每年去看望爷爷，也都能看到老爷子把玉坠子拿在手里摩挲。

那是他爷爷收藏了一辈子的东西，如今在小爷爷这里看见其中一个，就意味着两位老人终于解开一辈子的心结了。

他碰了碰傅老爷子的手，看着傅老爷子，轻声道："爷爷……"

傅老爷子冲他和乔落一家人摆手，说："识舟是七岁才来我跟前的，落落可是从那么点大就在我跟前给我跳舞唱歌解闷，这份礼我送得。"

他冲乔落招手，又说："来，爷爷送的礼物，拿着。"

乔落不知道这里头的含义，瞟着爸爸妈妈点头了，才道了谢，珍重地把礼物收进了书包的夹层里。

书包夹层里还有一支钢笔，是傅识舟送的。这会儿一对比，乔落在桌子底下踹了傅识舟一脚。

乔落踹傅识舟的时候很有出息，但是等快到家了又变得非常没出息，眼巴巴地看着傅识舟，问："我能去你家睡吗？"

傅识舟开着车看路况，余光都没分给他，反问："去我家干吗？"

乔落把脑袋转回去，小声说："我十八岁生日啊。"

傅识舟沉默。

乔落又疯狂暗示："十八岁！很有意义的好不好！"

难道舟舟哥哥真的就只送一支钢笔打发他吗？

傅识舟本来也是要把乔落"拐回"自己家的，他当然知道十八岁对每个人来说意义都非常重大。

可被乔落疯狂提醒，他又别扭起来，皱着眉训道："晚饭就不好好吃，闹起脾气来蛮不讲理，你说你哪里像长大了？"

乔落很委屈："还不是因为你就送了我一支钢笔……"

傅识舟问："那你还想要什么？"

乔落还没说话，后座上假寐的傅老爷子拆台道："他要是说出一样你没有准备的东西，你是不是还打算半夜去补一份？"

乔落以为自己声音够小了，也以为傅老爷子睡着了，这会儿傅老爷子一句话让他紧张坏了。

他紧紧闭上嘴，悄悄回头看了一眼，又转头求助地看着傅识舟。

到了家门口，傅识舟给他松开安全带，说："你以为那玉坠子是什么？那可是我爷爷传家的宝贝。"

乔落被这个"传家"的说法给震傻了，想都没想就下了车，跟着爸爸妈妈直奔自己家。

为了小崽子这十八岁的生日，傅识舟都不知道偷偷准备了多久，怎么可能让他跑了？

傅识舟拽着书包带子就把人给拽回自己身边，然后对乔爸爸说："我这几天学校忙，趁着今天回来看看他的作业。"

傅识舟，一个从乔落初中开始就日常抽查乔落的作业，在乔落考上高中的时候把《5年高考3年模拟》当成贺礼的男人，在自家小尾巴心里已经没有任何信任感可言了。

跟着傅识舟进门之前，乔落紧紧抱着书包，问："你不是真的要检查作业吧……"

他还没写呢。

傅识舟哭笑不得，搂着乔落的肩膀把他带去自己的房间，然后说："闹了我一晚上，本来给你准备了生日蛋糕的，但是提前说好，只许吃一口。"

傅识舟把生日蛋糕拿出来，乔落用大勺子舀了很大一口，嘴角都沾上奶油了，但吃完还是馋。

他眼巴巴地看着傅识舟，问："我能再吃一口吗？"

傅识舟利索地把蛋糕挪走，冷面无情地道："不行。"

乔落委屈极了，目光随着蛋糕飘走，看着特别可怜。

傅识舟其实都快心疼死了，但是如果给乔落吃了，第二天乔落一准要因为其实根本没长出来的一两肉闹。

于是，他揉了揉乔落的脑袋，以示安抚，说："等你考完试，我给你买。"

这给了乔落灵感，他的眼神从蛋糕上飘了回来，很机灵地说："那要不以后我想吃什么就都给你发消息吧？等我考完试，你都给我买。"

傅识舟向来拿乔落毫无办法，跟乔落签订了提前付款的条约，才问："我只送你一支钢笔，你特别委屈是不是？"

乔落撒娇得到的收获相当丰硕，便不闹傅识舟了，说："也不是吧……你送我的，我都挺喜欢的。"

傅识舟就知道会这样，他捏了一下乔落的小脸，说："你就是要闹我，是吧？"

乔落往前探了探身子，"卖萌"讨好傅识舟："我生日嘛，可以闹你。"

傅识舟捏了一下他的鼻尖，问："除了钢笔，我还给你准备了别的，那你现在是要撒娇还是要成人礼物？"

刚刚正式满十八岁的乔落一撇嘴，道："小孩子才做选择，我都要！"

傅识舟给乔落准备的真正的成人礼物，是一套定制西装。

乔落连领带都不会打，穿好衣服就蹭到傅识舟身前，仰着头说："舟舟哥哥帮我打领带！"

傅识舟站在乔落身前，一步一步讲解着给他打领带。

乔落一句都没听进去，讷讷地看着傅识舟，夸赞的话像是自己从嘴巴里跑出来的一样，他说："你好帅啊……"

就算乔落讲过一百遍这句话，傅识舟还是会听得心一紧。

他顿了一下，然后飞速完成后面的步骤，问："学会了？"

乔落撒娇耍赖道："我不用学吧，需要的时候就你帮我嘛。"

傅识舟很受用这种依赖的话，说："也不是不行。"

乔落很臭美，自己跑去衣帽间照了一会儿镜子，摸着傅识舟给他打的领带，美滋滋地看了半天，又"噔噔噔"跑回来，问："好看吗？"

傅识舟故意逗他："凑合吧。"

乔落不乐意了，把钢笔从书包里拿出来，作势要往垃圾桶里丢，威胁道："那现在呢？"

然而，他拿那支钢笔宝贝得跟什么似的，连钢笔盒子都不肯拆掉丢了。

傅识舟没拆穿乔落这毫无杀伤力的威胁，又从口袋里掏出一对袖扣，和乔落曾经送给他的那对很像。

他给乔落戴上袖扣，说："好了，你人生中第一对袖扣、第一套西装、第一条领带都是我送的，连第一次系领带都是我亲自给你系的。"

傅识舟这份礼物准备得又用心又有意义，乔落看着那对有点眼熟的袖扣，很快反应过来，问："你去买了他们家今年的春季新款？和我给你买的是同一个系列啊。"

傅识舟说："不然呢？小姑娘们有闺密款，我们不能用同一个系列的？"

乔落立即说了一连串的"能"，然后又非常遗憾和可惜地说："但是我没有机会穿西装啊，我好想穿啊。"

傅识舟让他去把衣服换下来，然后又说："有机会穿，下个月你陪我去参加一场婚礼。"

乔落的心思都在臭美上，没明白傅识舟的意思，愣头愣脑地问："啥？"

傅识舟道："是师姐的婚礼，就是上次你看着人家的头像说人家好看的那个师姐。"

这话说完，他加重了点语气，有点秋后算账的意思，继续说："人家要结婚了。"

喜迎人生新篇章的不止师姐。

某天半夜，郁子恒悄悄给 F4 拉了个小群，在中国时间夜深人静的凌晨三点，发了一张他和一位金发碧眼的美女的亲密合照，隆重宣布："我也脱单了！"

傅识舟肩负着叫小尾巴起床上学的重任，第一个看见了这条消息，顺便回复："恭喜@郁。"

然后，傅识舟给乔落发了一条微信确认他平安到达学校了，就回寝室补了个觉。

等他早上八点多再起来时，微信群就炸了。

走×："郁子恒你给我出来！"

罩子有一堆话要喷郁子恒，发了一大段话刷屏："我想打死你，说好了暑假出去玩都带家属，我这还打算深藏不露给你们来个惊喜……惊吓，结果你们一个个都搞这么刺激的吗？"

傅识舟很能抓重点，问："惊吓？"

罩子深吸一口气，继续打字刷屏："我女朋友是隔壁专业的博士后，比我大五岁，我以为我当人家'小奶狗'的事已经非常劲爆了，结果在你们一个个飞速脱单之后，郁子恒竟找了个外国妹子！这怎么比？怎么比！"

胖帅："是，和他一比，你这是小场面。"

傅识舟扫了两眼聊天记录，补刀："淡定，没关系的，相信我，叔叔阿姨会接受你们的。"

其实这不算出格，也就是罩子没有把握住最后一个脱单机会才在群里一惊一乍。

傅识舟嘲笑他："赵啊，别这么没见识。"

罩子被"人身攻击"了,立即反击:"你说谁没见识!姐姐就是欣赏我才华横溢才会跟我在一起的好不好!"

傅识舟没回复,收起手机,不看群里这帮人闹腾了,收拾东西去实验室干活。

晚上,傅识舟开车去接乔落下课。

周末是师姐举行婚礼的日子,他要带乔落出席,走到半路突然想起没有红包,于是拐了个弯去超市顺便买一下。

乔落有段日子没吃零食了,路过零食区的时候非常眼馋,于是跟傅识舟一个一个数:"我想吃薯片,记住;我想吃鸭翅,记住;我想吃溜溜梅,记住……"

两旁都是货架,暂时没人路过,傅识舟停稳购物车,伸手去拿货架高处的矿泉水,顺手弹了乔落的脑门一下,说:"闭嘴。"

乔落就老实了,乖乖把手伸到傅识舟推着小推车扶手的手下面。小推车里放着几盒给他买的低脂奶,还有好几样糖分不算高的水果。

周五有促销活动,排队的人很多,快到收银台的时候,乔落忽然顿住了。

他悄悄看了几眼收银台旁的货架,又扭头去看傅识舟。

傅识舟正在回复微信消息，群里那仨人都快闹翻天了，正研究暑假去哪里玩，问傅识舟还带不带乔落。傅识舟之前忽悠他们的那件事已经找机会解释清楚了，小尾巴既是傅识舟的亲友，又是他们的朋友，自然可以和他们一起去玩。

　　傅识舟一边推车一边抽空回复了一句："带啊，地方你们定，时间听我的。高中生还要上学呢，要按他的时间来。"

　　傅识舟又发了两条消息，才抬头看乔落，正好看见乔落的手从旁边的货架上收回来。

　　乔落将手里的东西悄悄塞到他们买的一堆东西中藏了起来，不知道是口香糖还是别的什么。

　　傅识舟有些无语。

　　他才给了几天好脸色，小崽子就要上天了？看样子不收拾是不行了。

　　周日是个大晴天，晴空万里，艳阳高照。

　　傅识舟到的时间不算早也不算晚，他的西服是深灰色的，乔落的西服是亚麻浅白色的。

　　傅识舟形体气质好，站在那里像棵挺拔的小白杨。他和乔落一个是沉稳的帅气，一个是少年感十足的英气，有点碾压伴郎团的意思。

新娘新郎还有亲友在门口迎接客人，师姐看到他们俩就笑着调侃："啧，来砸场子？"

傅识舟递上红包，笑道："哪里哪里，师姐今天真漂亮，祝你们白头偕老。"

师姐笑着接了红包，又招呼乔落："你就是乔落吧？这下我明白了，要是我有个这么帅气的弟弟，我也弟控。"

乔落跟傅识舟撒娇很有一套，在外人面前却很不禁逗。

他被师姐说得有些不好意思，站在傅识舟身边，像是被家长带出来见叔叔阿姨的小朋友，乖乖地说："姐姐好，新婚快乐。"

新郎站在一旁，也过来打过招呼，然后接话跟新娘开玩笑道："幸亏你是独生女，要是有个这么乖的弟弟，我可要吃醋了。"

新郎新娘感情和睦，新郎之前还经常去傅识舟他们教研室接女朋友吃饭，傅识舟和他也熟悉，又打趣了两句才说："你们忙，我们先进去。"

还有很多客人要招呼，师姐就请婚庆公司的专员带他们去安排好的位子。

坐到了安排好的位子上，刚刚还在人前装懂事的乔落就拽了拽傅识舟的袖子，小声却吃味地说："你都没夸我。"

第一回在正式场合穿西装的小朋友就等着别人夸他呢。

傅识舟捏了捏他的手，说："我家小尾巴今天真帅。"

他的舟舟哥哥这样一本正经地夸他，乔落有些不好意思，脸立马就红了，挣开傅识舟的手跑去甜品区。

但是他还得控制体重，并不能吃多少，绕了一圈就又回来了。

他脸还有点红，傅识舟以为是晒着了，就让他坐在自己身边，给他挡着太阳。

乔落安分地坐了一会儿，四下张望婚礼现场的布置，忽然拽了拽傅识舟的衣袖，跟他咬耳朵："师姐的婚礼好浪漫啊！"

傅识舟揉着他的头发，发丝又细又软，被太阳晒得暖烘烘的。

他低下头来在乔落耳边轻声说："婚礼都是这样的，因为是相爱的人许诺在一起过一辈子，所以怎么看都是浪漫的。"

乔落若有所思，点头"哦"了一声。

周围花团锦簇，红毯上都撒了玫瑰花瓣，风一吹空气中都弥漫着玫瑰花的香气。

婚礼进行到新娘和新郎交换戒指的环节，新郎摘了麦，不知道偷偷跟新娘子说了什么话，惹得新娘子红了眼眶，又笑得一脸甜蜜。

乔落猜测应该是新郎许下了什么只有他和新娘两个人才知道的承诺，乔落跟着周围的人一起鼓掌，刚刚被傅识舟牵着的手出了一层薄薄的汗。

乔落之前被家人保护得太好了，又天真又傻气地长到十八岁，没有担忧过未来，也没有过烦恼和心事。

在这场婚礼上，他第一次在心里萌生了自己的小计划。

有一件事，他之前都只有一个模模糊糊的计划，还没有告诉过爸爸妈妈。现在他已经做了决定，还要让爸爸妈妈支持他。

乔落还没来得及找到合适的机会将那件事说出来，期末考试就到了。

他整整两个星期都在发奋图强、专心学习，想要在期末考试的时候考个历史最高分，好为自己接下来想同父母商量的事情做好铺垫。

然而，天公不作美。

乔落平时贪玩偷懒，考试成绩倒还马马虎虎。这回，他大概是太紧张了，起早贪黑地努力学了两个星期，竟然连以往成绩的中等水平都没达到，直接跌出了全校前三百名，拿了个历史最低纪录。

期末考试结束之后就是暑假，那天也是傅识舟来接乔落放学的。

乔落拿着自己的成绩单，垂头丧气地走到傅识舟跟前，说："走吧。"

傅识舟接过他的成绩单看了看，眉头也不自觉地皱了皱，但是看着乔落蔫巴巴的可怜样子，又舍不得说什么，只好揉了揉他的头发，安慰地说："没关系。"

可乔落眼眶一红，居然委屈得哭了。

他是头一次这么在乎成绩，头一次不闹傅识舟，头一次想要为傅识舟做点什么，但是结果太糟糕了。

这挫败感实在是太强烈了，乔落根本忍不住。

傅识舟也被他弄得有点不知所措，乔落因为委屈而红眼眶是常有的事，但是为了成绩这么难过倒是头一遭。

傅识舟只好又说："别难过了，回去给我看看试卷，我帮你分析好不好？"

乔落带着鼻音问："你怎么不骂我？我以前考不好的时候，你不都是要训我的吗？"

傅识舟有些无奈："你都哭成这样了，我还怎么训啊？"

"哦。"上车后，乔落揪着安全带问，"那以后是不是我犯错误了，只要哭鼻子，你就舍不得训我了？"

傅识舟无言。

还真是。

发现这一点并没有让乔落快乐起来，他垂着脑袋，非常难过地说："要不你还是骂我吧……被骂我好像心里能好过一点。"

这简直太不正常了，傅识舟觉得事情有点严重了，问："你是要回家再跟我说，还是现在去找个饮品店坐着说？"

乔落太难受了，把脑袋埋进书包里，闷闷地说："回家。"

乔落是憋不住心事的，尤其是面对傅识舟。

回家喝完一盒酸奶之后，乔落就委委屈屈地把自己的打算和盘托出："之前你不是帮我收集了很多学校的招生简章什么的，还让我和我爸妈讨论选择什么学校吗？其实我们一直没有谈拢，爸爸妈妈虽然说尊重我的意愿，但是我觉得他们更希望我考他们的母校，专心去跳舞……可我不想，我想考你的学校。"

从小学开始，乔落就一直追在傅识舟身后，偏偏傅识舟又是学霸一个，动不动就跳个级，导致他们几乎没有同时在同一所学校读过书。乔落想跟傅识舟读一所学校，就只剩下读大学这一个机会了。

然而，傅识舟这所学校的录取分数线一直都很高，就凭乔落现在的文化课成绩，是有些难的。没有足够好的成绩就是空口说瞎话，乔落想证明自己，然而现实很残酷。

乔落朝着傅识舟伸长胳膊要抱，哭着说："我好没用啊。"

他可太有用了，傅识舟一颗心被小崽子闹得软成一片。

傅识舟说："你傻不傻啊，乔叔乔姨的担心是对的，你不能为了和我读一所学校就这样冒险。"

乔落哭得鼻尖都是红的，看着傅识舟，问："那你不想我和你读一所学校吗？"

傅识舟说："想，所以我借着近水楼台，帮你打听了很多艺考的内幕，应该对你有很大的帮助。等你的艺考成绩出了，我再跟叔叔阿姨讲，他们才能更放心一点。"

傅识舟说什么乔落都信，他乖乖点了点头，安静了一会儿，才发现了不对劲的地方："可是，本来我是想自己努力说服我爸爸妈妈的啊，我特别差劲，什么都要你来费心。"

傅识舟笑着说："小没良心的，我都给你操心多少年了，你才反应过来啊？"

确实好多年了，乔落给傅识舟添过不知道多少麻烦。

乔落泄了气，把脑袋搁在傅识舟肩膀上，感慨地说："那好吧，反正我是你的小尾巴，你就辛苦一点吧！"

乔落哭得太厉害，眼睛都肿了，回家得把乔爸爸乔妈妈吓一跳。他索性打了电话回家，说今晚会在傅识舟家睡。

第二天，乔落回家后还是要把成绩单拿给父母看。

他想着暑假结束要跟父母坦白的事情，含糊说道："我有点焦虑，就没考好。"

乔爸爸和乔妈妈在教育孩子的问题上是属于开明理智那一派的，虽然看到成绩单上的分数有些担心，但还是和班主任打了个电话了解完情况才把乔落叫到书房商量："暑假我们给你请个补习班老师来上课吧，班主任说你的数学基础太薄弱了，你愿意吗？"

　　乔落不太愿意，犹犹豫豫地问："让舟舟哥哥给我补习不行吗？"

　　乔妈妈皱了一下眉头，很久之前就缠绕在心里的那种莫名的不安又涌上来，她叹了口气，说："落落，识舟和咱们家关系是很好，可你也不能老麻烦人家啊。"

　　乔落皱着眉头，非常不赞同地说："舟舟哥哥才不会觉得我麻烦。"

　　"那也不行。"乔妈妈看看他的成绩单，做了决定，"识舟虽然成绩好，但到底不是当老师的，不见得有专业补习老师给你补习的效果好。我们家一向民主，你要是觉得补习太累了，可以适当减少每周补习的次数，但是不能再麻烦识舟了。"

　　乔落撇撇嘴，不高兴地说："那好吧，但是我想跟舟舟哥哥出去玩一周，回来再补习，我可以一周多补一次课。"

　　乔爸爸和乔妈妈倒是也觉得学习要劳逸结合，就算乔落的成绩很不如人意，但是也不能一根弦一直绷着，假期确实应该出去散散心。

于是，一家人达成一致意见，乔落跟傅识舟出去玩一周，回来之后一周补习三次数学、一次文综。

傅识舟也考虑到乔落这个暑假要补功课，把和大家出去玩的时间定在了乔落放暑假后的第一周。

郁子恒又脱离组织了，他忙于创业，被项目拖住了，暂时没法回国，只能默默羡慕。

乔落在家被傅识舟管着，一犯错就挨训，但只要一出门，他的地位就高得不得了。他就背着一个双肩小书包，里面放了一打旅游攻略，行李全在傅识舟的大皮箱里，连矿泉水都是傅识舟给他背着。

等进了预订的房间，乔落把书包一扔，往床上一坐，晃荡着一双小细腿把拖鞋给踢飞了，娇气地道："我渴了。"

傅识舟给了他一瓶养乐多，再把他的拖鞋捡回来，说："穿好。"

乔落老老实实把鞋子穿好，往傅识舟跟前蹭了蹭，一口把养乐多喝光，然后小声说："小时候你出去玩，就不喜欢带我。"

傅识舟脸不红心不跳地甩锅："小时候罩子太皮了，我怕你跟他学坏。"

乔落说："可你和子恒哥都很厉害啊，那你怎么不觉得我会跟你们学好呢？"

傅识舟正在收拾东西，闻言也不收拾了，坐在乔落旁边，问："那是我更厉害还是郁子恒更厉害？"

乔落看他走过来就把小腿往人家身上压，娇气得理所当然："我腿走得好累，你帮我揉揉。哦，当然是我舟舟哥哥最厉害了！"

小崽子才走了几步路就喊脚痛，练一下午舞的时候也没见体力这么差，明显是在撒娇。

不过"舟舟哥哥最厉害"这句话听着很舒服，所以傅识舟也不戳穿他，坐在那儿给他揉小腿肚，还要说一句："就你嘴甜。"

与此同时，隔壁房间的罩子狠狠地打了个喷嚏，立刻跟在旁边发朋友圈动态的姐姐撒娇："姐姐，我可能要感冒了，你不给我一个安慰的抱抱吗？"

第二天，一行人去爬山，大热天的，简直遭罪。

出发前，傅识舟在房里抓着乔落给他抹防晒霜。

乔落嫌油腻不肯抹，就给傅识舟捣乱，用手背往傅识舟脸上蹭，被他逮住了威胁："再闹我就收拾你了啊。"

乔落立即红着一张脸老实下来，任由傅识舟给他涂涂抹抹。

涂完脸部和脖子，傅识舟又换成了防晒喷雾，对着他的细胳膊细腿一通喷。

乔落欲言又止半天，终于说："你可真了不起，还会用防晒喷雾，你不会还给我准备了小花伞吧？"

傅识舟还真准备了遮阳伞，这些东西都是准备出发的时候跟胖帅的女朋友请教的。

他怕乔落晒伤了会难受，拉着胖帅的女朋友一通问。最后人家受不了了，打趣说傅识舟简直是在"带儿子"，然后火速下单替傅识舟买了防晒霜、防晒喷雾和遮阳伞。

傅识舟把防晒喷雾收进包里，跟变魔术似的又从行李箱里掏出来一把小黑伞，说："没有小花伞，回头给你贴点花吧，自己拿着。"

乔落晃着小细腿，拿着小黑伞玩了一会儿，撒娇地问："不拿可以吗？"

傅识舟一票否决："不可以，你马上就要参加艺考了，晒黑了怎么办？"

乔落还不太乐意，嘟起嘴巴表达自己的不高兴："傅识舟，好麻烦一男的。"

傅识舟看他嘟起粉粉嫩嫩的小嘴巴撒娇就觉得可爱，往他嘴里塞了块蜜瓜，说："乔落，好娇气一尾巴。"

傅识舟居然学他说话！

乔落把小黑伞抢过来塞到傅识舟的背包里，跳下床就往外跑："我才不要拿，你帮我背！"

楼下，四个人已经收拾好在等他们了。

胖帅在旁边的便利店买了几盒八喜冰激凌，分给刚下来的乔落一盒，宛如一个溺爱孩子的爷爷，说："趁傅识舟没下来，赶紧吃。"

罩子也说："快快快，看你热得脸都红了，我给你打掩护，他要骂你你就说我给的。"

乔落哭笑不得，拆开冰激凌吃了两口，是朗姆酒味的，傅识舟最喜欢了。

于是，他不继续吃了，给傅识舟留着，然后毫不领情地说："他不骂我的啊。"

罩子自作多情，一脸无语。

傅识舟这时候下楼了，他的背包里装了两个人的东西，明显比别人的要鼓一点。

乔落脸红红的，凑上去把冰激凌递给傅识舟，献殷勤似的说："给！你爱吃的口味！"

罩子和胖帅都很无语。

两个女生被逗得直笑，罩子牵住自己女朋友的手，下定决心再也不理乔落这个傅识舟的小尾巴了，说："走吧，是我们不配。"

他女朋友配合地哄他："乖，姐姐这盒给你吃。"

一行人在外面的店里吃了早饭，又买了些饮料和矿泉水后，坐大巴出发了。

暑期天气热也阻止不了大家出游的热情，到了景区，游客多，卖各种小吃、纪念品的小贩也多，拍照的游客比比皆是。

他们也不急着一定要爬到山顶，边走边玩。

两个女生都买了草编花环戴在头上，举着自拍杆拍照，或者吩咐自己的男朋友给自己拍照。

罩子和胖帅的拍照技术是真不行，两个人的女朋友都嫌弃死他们了，只好分别给对方拍，果断抛弃了男朋友。

罩子平时很搞笑，然而在自己女朋友面前就是传闻中的"小奶狗"，撒娇说："姐姐，我们合个影吧。"

胖帅的女朋友帮他们拍完，顺便又请罩子的女朋友给她和胖帅拍了合照。

乔落看得眼睛里"羡慕"俩大字都要掉出来，傅识舟拽拽他短袖的衣领，把人拽到自己跟前，然后叫罩子："给我们也拍一张！"

乔落美死了，赶紧摆出最帅的姿势来。

结果，罩子按快门的瞬间，傅识舟抬手在乔落的脑袋上揉了揉。

罩子："我们小可爱的脑袋就那么好揉吗？让我也揉揉！"

傅识舟毫不留情道："谁的小可爱？少觊觎我家小尾巴。"

罩子："滚吧你！"

乔落看着他们打闹，眼睛都笑弯了。

到半山腰都快中午了，太阳更毒了，乔落这会儿终于觉察出傅识舟的英明——罩子和胖帅晒得汗流浃背，都开始往自己女朋友的伞底下蹭了。

乔落看着人家拉着手走路，羡慕极了，颠颠儿地跑了两步凑到傅识舟跟前，跟傅识舟撒娇："我手酸啦。"

傅识舟看一眼就知道他什么心思，接过小黑伞给他举着，说："走吧。"

乔落解放出来的手蠢蠢欲动，大眼睛看着傅识舟，问："你……不牵着我啊？"

他拿出小时候常用的套路，说："人这么多，我不会走丢吧？"

傅识舟快笑死了，不嫌热地搂住乔落的肩膀，说："嗯，走丢了可不得了，我去哪儿再找个小孩回来啊？"

中午，大家在半山腰的小摊位吃饭。乔落虽然娇气，但主要是因为想跟傅识舟撒娇，其实他体力还是非常好的。

两个女生腿已经酸了，一行人商量了一下，决定后半程坐缆车上去。

缆车的一个小包间里可以坐两个人，罩子拉着自己女朋友的手说："姐姐，我保护你。"

乔落受到了启发，从缆车晃晃悠悠地往上升开始，他就对傅识舟说："哥哥，你保护我。"

就数他机灵，傅识舟好笑地点点他的鼻尖，又怕他乱动不安全，问他："还敢乱动，不怕掉下去啊？"

乔落扭头看背后的风景，冒傻气地说："感觉有你在，我从这里掉下去都不会出事。"

傅识舟好笑地揉揉他飘起来的一撮头发，把他护得更严实一点，免得这个小傻子真的对自己盲目信任，不小心掉下去。

傅识舟说："我是超人还是蜘蛛侠啊？你掉下去我可就没办法了。"

乔落看着郁郁葱葱的树木被他们甩在身后，声音软软地说："可我就是不会害怕啊……哇，我看见罩子哥在和姐姐接吻。"

哪有偷看人家小情侣接吻还讲出来的，傅识舟抬手捂住他的眼睛，避免罩子把小朋友带坏。

在高空中闭上眼睛，其实会在很大程度上剥夺人的安全感，可被他捂住眼睛的小尾巴很乖地靠在他身边。

他们一起长大的这些年，乔落对他无条件的信任已经根植在了心里。

傅识舟看着随着高度的增加而越来越不清晰的山下风景，偏头对乔落讲："有我在，你的确不用怕。"

第九章

祖辈旧事

之前在傅识舟那位师姐的婚礼上，乔落第一次生出了类似人生规划的想法。这次旅游回来，这种规划就更加具象化了。

从小到大，他们家一向主张民主，关于他的大小事情，爸爸妈妈都会尊重，会充分考虑他的意愿。可选择大学是很重要的事情，乔落内心还是不免忐忑，不知道自己的打算能否得到父母的支持。

他看着对面爸爸妈妈严肃的神情，手心里出了一层薄汗。

乔爸爸把电视上播放的电影按了暂停，温和地对乔落说："落落，爸爸妈妈虽然总觉得你还没有长大，但你已经十八岁了，是个成年人了。所以，不管你未来选择什么，爸爸妈妈都会支持你。但爸爸还是要好好问问你，落落，你做好为自己的选择和自己的人生负责的准备了吗？"

乔落想，或许之前没有，但是现在他想好了。

他点点头，脸上是一种带着稚气的认真，很严肃地讲："我以前喜欢跳舞，在少年宫的时候总是累得找你们哭鼻子，但我还是坚持跳下来了。所以，我觉得如果以后我可以做自己喜欢的事情，就不会害怕吃苦和困难。"

作为父母，乔爸爸和乔妈妈自然希望乔落可以活得随心随性，却也不希望乔落做出不理智的选择然后在未来后悔。在乔落的成长过程中，这样民主的谈话其实是有过几次的。

只是这一次，他们的谈话才进行到一半就被迫中止了，因为屋子外面忽然响起了救护车的鸣笛声。

他们在家里能听得这样清楚，显然救护车就在附近。

乔妈妈说："我们赶紧去看看，是不是傅叔出事了？"

救护车就停在傅家门口。

等乔落一家跑过去的时候，医护人员正在对傅老爷子进行抢救，气氛十分紧张。

乔落吓坏了，下意识就跑过去拉住旁边傅识舟的手，说："舟舟哥哥你别急。"

傅识舟再稳重，也不过二十二岁，相依为命的小爷爷忽然倒下了，他能稳住情绪拨打 120 已经算是很冷静了。

见乔落的手伸过来，傅识舟几乎是本能地将其握在手里，汲取乔落温热的手掌传来的热度，感受着那零星的安全感。

乔爸爸过去拍了拍傅识舟的肩膀，说："识舟，你别急。"

傅老爷子是受到刺激后突然昏倒，医护人员在电话里已经了解过情况了，而且傅识舟也做了一些紧急措施。

好在老爷子被抢救过来了，一群人松了一口气。

乔爸爸和傅识舟跟着救护车送老爷子去医院，乔落急得团团转，眼看就要哭出来了。

乔妈妈没有办法，只好开车带着他也跟了过去。

傅老爷子这个年纪的人，身体多多少少会有一些问题，就算抢救过来了，后续也还要做很多检查。

偏偏清醒过来的傅老爷子精神状态非常不好，老泪纵横而又神情麻木地坐在轮椅上，任由傅识舟推着去做检查。

医院人很多，做检查、缴费都要排队，傅识舟还要时刻注意老爷子的状态。

幸亏乔爸爸跟了过来，帮忙分担了一些事，替傅识舟跑了几趟。

等乔爸爸回来的时候，傅老爷子已经在病床上睡下了。

乔妈妈和乔落也赶到了，不过病房里不能进去这么多人，他们就坐在外面的长椅上。

乔妈妈看乔爸爸过来，拉着他低声问："傅叔怎么样了？"

乔爸爸皱眉道："好像不太好。"

他看看挤在一旁的乔落，说："落落，你去给你舟舟哥哥买杯热饮。"

这个任务乔落非常愿意去做，他拿着手机去买东西，同时偷偷给傅识舟发微信："我来陪你了，你不要难过。"

他一着急就话多，不放心地又说："傅爷爷会没事的。"

176

傅识舟手机没有离手，很快就回复："乔儿，来陪陪我。"

乔落看完信息就冲了出去，胡乱买了一杯热豆浆就赶紧跑回来。

傅识舟已经从病房出来了，坐在长椅上，手肘搭在长腿上，压着病历本和一大堆缴费单据。

他把脸埋在手里，看上去状态很差。

乔落很想抱住他，临时急刹车，看着爸爸妈妈指了指自己，又指了指傅识舟，一副请求的模样。

乔爸爸和乔妈妈对视一眼，知道傅识舟这会儿需要人陪，乔妈妈于是悄悄点点头，对乔落小声说："去吧。"

乔落赶紧把豆浆递给傅识舟，又替傅识舟拿着那一堆单据，说："你喝一点，我加了糖，心情会好一点。"

傅识舟挤出一个很难看的笑，安抚地说："好，我没事，你别担心。"

乔落一向不坚强，自己先红了眼眶，心疼地说："你要不要哭一下？你笑得好丑啊。"

傅识舟倒是不想哭，只是心情很复杂，消极情绪远比元旦那一次要来得强烈。

他现在只想好好抱抱乔落，从亲近的人身上汲取一些安慰，可是人家爸妈都在这儿，他又不好意思。于是他只能揉了揉乔落软软的头发，沉默地喝着乔落递过来的热豆浆。

乔爸爸在傅识舟的另一边坐下，问："识舟，这是出什么事了吗？"

乔爸爸无意打探别人家的隐私，这么问也只是出于担心傅老爷子的身体和傅识舟的状态，说完又很绅士地补充："如果有需要我和落落妈妈帮忙的地方，你尽管开口，别一个人扛着。"

傅识舟又喝了两口豆浆，看着紧闭的病房门，声音很轻地说："一个对爷爷来说很重要的人……去世了。"

乔落一家人在医院陪着傅识舟到傍晚，傅识舟给家政阿姨打了电话，让她送些住院需要用的东西过来。

傍晚六点多的时候，傅老爷子幽幽醒来，看着守在自己床边的傅识舟，居然叫了一句："望归。"

这种认错人的事，傅识舟在陪着周望归的时候经常遇到。

他吓了一跳，下意识要找医生来，被傅老爷子苦笑着拉住了手："识舟，我没傻……刚刚愣怔了。"

乔妈妈给傅老爷子倒了杯水，递过来说："傅叔，您是把识舟给吓坏了。"

傅老爷子接过水杯，但是没喝水，看着死死守在傅识舟身旁，跟只小雏鸟似的乔落，似是无意地对着乔爸爸乔妈妈缓缓开口：

178

"让你们跟着费心了……识舟其实不是我的亲孙子，你们两口子应该隐约也猜得到吧？"

傅老爷子是个很有分寸的人，忽然提起这件事，所有人都不清楚他这是什么意思。

然而，老爷子像是事情在心里压久了憋不住，就那么自顾自地讲起了旧事。

傅老爷子说："我年轻的时候，认识了一个人。我们两个人都是下乡的知青，是那个村子里去得最晚的两个，和村里人聊天聊不到一起去，和早一些过去的那一批知青也不亲近。所以，就我们俩走得近些。他喜欢读诗，有一次不知怎的偷偷藏了一本诗集，晚上干完活，就会念念诗。

"我们走得近，共同语言也多，渐渐变得胜似亲兄弟，几乎成了家人。

"那个年代啊，不好。

"但那个人啊……那个人他可好了，体贴、成熟、稳重，白天偷偷替我干我干不好的活，晚上跟我一起幻想有一天能返回故乡重新上学。

"后来要返城了，我们俩不是一个地方的，要回各自的家去。但他说带我去他家。

"可我家庭情况不好，被他们家知道了，不乐意他和我来往。

他不管他爹娘的阻拦，说我们一起参加高考，一起念大学。

"那个年代可不像现在这么时髦，离家出走可比现在严重得多，我都吓坏了。可是拿着站台票的时候，我又觉得心里有莫大的勇气。管他什么地方，只要不是独自一人，我都敢去。

"可是我等来的不是他，而是他妈。他妈拿着一把刀，说已经把他锁在家里了，我要是不答应跟他断了来往，她就在我面前自尽。

"我能不答应吗？我要是害死了他妈，哪里还有脸见他啊？

"我就拿着票走了，老大一个汉子，坐在绿皮火车上，哭得跟什么似的，可太丢人了。

"我走了，他们家就把他放了出来。他有出息，自己创业，发达了。他答应过我的，说他当我哥，他会来找我。下乡那会儿我们是真的跟亲人似的，苦日子里熬出来的感情，都跟真金似的。

"我给他写了好几百封信，我想等他来找我了，就一封一封地给他看……等终于有他消息的那天，我一把火把那些信全烧了。

"从那以后，我再也没有这个人的消息。"

傅老爷子说到这儿，看了一眼傅识舟，才接着说："直到十五年前。"

算时间，正好是傅识舟七岁那年。

乔落不知道傅爷爷还有这样痛苦的过去，眼泪"吧嗒吧嗒"地往下掉。

听到这里，他忽然又睁大了眼睛——他忽然想起来，傅识舟曾经说过，傅爷爷是从他的亲爷爷那里把他接过来的。

傅老爷子一开始是带着私心讲这件事的，说到这里又伤心了，缓了缓才接着说："他病了，给我写了信来。

"我终于知道，他是被逼着走了自己不想走的路，连高考都没能报上名，后来下海经商，熬了好几年才出头。从那个时候开始，他这么多年一直在找我，后来找到了，又没脸见我。

"他也苦啊，儿媳妇难产，他那个儿子因为爱人难产一直浑浑噩噩，就出了车祸。那会儿他孙子才一岁半，他受了刺激，大病了一场，估计之后就落下病根了。后来，他一个人照顾孩子，到那孩子七岁的时候，他也不行了。

"他有轻微脑血栓，走路不利索，还开始忘东忘西，不得已终于联系了我。其实我知道，他放心不下那个孩子，也放心不下我，怕孩子没人照顾，也怕我孤身一人、临终都没个亲人。所以，他让我带那个孩子走，让那个孩子给我当孙子，让那个孩子给我养老送终……"

傅老爷子没意识到自己声音在颤抖。

听到这里，大家都已经听懂了这个被带走的孩子是谁。

乔妈妈也忍不住红了眼眶，拉住乔爸爸的手，有些心疼地看着傅识舟。

傅老爷子缓了一口气，傅识舟害怕他情绪激动，就着老爷子手里的水给他喂下之前医生开的药。

傅识舟眼眶通红地拉住傅老爷子的手，开口的时候声音都哑了："爷爷，别说了。"

病中的傅老爷子一双手居然很有力气，他反手抓住傅识舟的手，终于痛哭出声："我恨了他一辈子，那是我和他的事，可你不能不给他送终啊，你是他的亲孙子啊！"

去世的人叫周望归。

他是傅识舟的亲爷爷。

傅识舟给老爷子拍着背，生怕他又一口气缓不过来，劝慰道："爷爷，我知道，我明天就过去，就是你病着，我不放心……也没法交代。"

傅老爷子说没事，又跟他要纸和笔："我有话跟他说，你帮我烧给他。"

病房里一时半会儿找不到纸和笔，乔妈妈就去护士站拿。

傅老爷子摆摆手，说："识舟，你和你乔叔一起去问问，我要多久才能出院。"

傅识舟说："我自己去……"

"去，都去。"傅老爷子打断他的话，"让我静一静。"

乔落也赶紧起身，黏着傅识舟要跟着出去，却被傅老爷子叫住了。

傅老爷子说："落落，你三岁那年给爷爷唱过一首歌，能再给我唱一遍吗？"

傅识舟懂了，老爷子有话对乔落说。

他本来连这段往事都不想让乔落听见，于是皱着眉说："爷爷，医院不让唱歌。"

傅老爷子瞪了他一眼。

乔爸爸把傅识舟拽了出去，说："让落落待在这里吧，病房里好歹也要留个人。"

其实只有乔落不懂，他傻乎乎地当了真，问："傅爷爷，您要听什么？"

傅老爷子冲着他伸手，等乔落拉住他的手，才缓缓地说："落落，爷爷老了，总有一天要走的，识舟以后就没有家人了。你们一块儿长大的，他把你当亲人，爷爷请求你，别让识舟孤孤单单的。"

乔落愣了几秒才反应过来，从自己的衣领下面掏出那个玉坠子贴着傅老爷子握着他的手，小声说："爷爷，我一直戴着的。"

他伸出小手指和傅老爷子拉钩，说："我答应您，那爷爷也要答应我，您要快点好起来呀。"

乔妈妈拿着纸、笔和乔爸爸、傅识舟一起回来的时候，一老一小正钩着小手指念叨"拉钩上吊，一百年不许变"，像是达成了什么不可告人的秘密协议。

傅识舟微微蹙了蹙眉，将纸和笔递给傅老爷子，顺手把乔落的手拉回来。

傅老爷子没搭理傅识舟的小动作，将纸铺在小桌板上写字。

他的字体很潇洒，是那种一气呵成的草书。

傅识舟第二天还要飞外地处理周望归的身后事，乔爸爸做主，他晚上留下来看护傅老爷子，把坚持要留下来的傅识舟和吵着要陪傅识舟的乔落全给赶了回去。

傅识舟开车，乔落跟着妈妈坐在后面，一句话也不敢多说。

听了傅老爷子的故事，乔落有点后怕。

乔落拿着手机解锁屏幕看一眼，又飞快地锁上屏幕，反复了不知多少次。最后，他实在受不了了，点开傅识舟给他做的小程序，重新玩了一遍游戏。

傅识舟已经把这个游戏做到第二十七关了，最后这一关的奖励是暑假带乔落出去玩一次。

这个出去玩的承诺还没有兑现呢。

乔落终于按捺不住，锁上手机屏幕，靠在乔妈妈身边小声商量："妈妈，我可以去舟舟哥哥家里住吗？他一个人待着，好可怜。"

乔落是什么意思，乔妈妈心里跟明镜似的。傅识舟也是她从小看着长大的，她也担心傅识舟一个人会伤心难过。

乔妈妈正不知该怎么说，倒是开车的傅识舟出声了："落落，我明天很早就要起来赶飞机，会吵到你睡觉，你回自己家。"

乔落立即反驳："我可以被吵！"

傅识舟从后视镜里看见乔落那张不甘心又气鼓鼓的小脸，心里发软，可自己实在是情绪不太好。

他不想让乔落担心，就说："你就现在这么说，明天要是真的被我吵醒了，能闹死我。"

他在乔落又要说话之前哄了一句："听话。"

乔落万万没想到傅识舟会不要他，顿时蔫了："好吧。"

乔妈妈看着乔落那蔫巴巴的可怜样，心里更纠结了。

她想到了傅老爷子老泪纵横的那一幕，又想到傅识舟坐在医院病房外面的长椅上时透露出的那种无助。

老一辈的恩恩怨怨如今随着其中一位当事人的过世而翻篇，

可同时面对与他有血缘关系的爷爷去世和抚养他长大的爷爷病重，对一个二十几岁的年轻人来说，这始终太过沉重。

乔妈妈叹了口气，摸了摸乔落的小脑袋，终于开口说："识舟，去我家住吧，你要是起得早就住客房，别一个人回家了。"

第二回睡乔落家的客房，傅识舟倒是轻车熟路。想起上一次睡在客房的情景，他终于露出了笑容，低沉了一天的情绪有了一点好转。

傅识舟看着抱着个枕头乖乖巧巧地站在旁边的乔落，停下铺床的动作，走过去拍了拍乔落的脑袋，说："上去睡吧，我没事。"

乔落看了一眼虚掩着的门，很小声地说："我有事。"

傅识舟挑眉看着他，问："怎么了？"

这时，乔妈妈推门进来，给傅识舟送手机充电器，貌似随意地问乔落："送个枕头怎么还不走了？快回去睡觉，你舟舟哥哥已经够累了，你别闹他。"

乔落心虚，只好恋恋不舍地把枕头给傅识舟放下，踩着小拖鞋上楼去了。

三秒后，傅识舟的手机开始一下一下地振动。

乔儿："傅爷爷和你爷爷太可怜了。"

乔儿："我乖一点，你不要伤心，要好好休息。"

傅识舟坐在床上，揉了揉自己发酸的眉心，回复消息："好，我好好休息，你也不要胡思乱想了，知道吗？"

乔落想了想，安心了一点，回道："好。"

乔落又发消息："我其实知道你为什么叫傅识舟了，我偷偷看了傅爷爷写的信，你亲爷爷是不是姓周啊？"

傅识舟："嗯。"

乔落又发了一条语音消息："我刚刚在车上的时候都想好了，要是以后我也有个孩子，那我现在已经想好孩子的名字了。"

虽然不太想听乔落胡说八道，可傅识舟真的有点好奇，就问了一句："什么？"

乔落这次没发语音，大概是不好意思了，发过来三个字："乔识傅。"

傅识舟沉默了。

他的心原本像是被乌云包裹，压抑而沉痛，此刻却被乔落一阵清风吹开了一条缝。

他们家傻乔儿真是太可爱了。

他无奈地对着手机发语音："乔儿，乖乖睡觉，别祸害孩子了。"

乔落给他发了个"吐舌头"的表情包，又说："舟舟哥哥，我会一直做你的亲人的，你不会孤苦无依的。"

傅识舟猜到傅老爷子把他们都支走后应该跟乔落说了些什么，给乔落回复了一条语音："好，我还有我的落落。"

乔落是傅识舟的安定剂。

别人看到的都是乔落跟长不大似的黏着他，可是傅识舟自己心里清楚，他很依赖乔落。

如果没有傅识舟，乔落也许还可以——不对——一定也可以没心没肺地长大，可如果没有乔落，傅识舟会过得很不好。

傅识舟是在大一那年想明白这件事的。

七岁那年，他远离家乡和唯一的亲人，来到这座城市，那时的他既抵触又惶然无措。陌生的家和陌生的亲人，让傅识舟丝毫没有安全感和归属感，而乔落是第一个送给他糖吃，主动黏着他、陪着他的人。

如果没有乔落傻乎乎地一直追着他跑，傅识舟难以想象自己会如何度过那段时光。

怎么会有这么傻的小尾巴呢？哪怕傅识舟再冷着脸，小尾巴也黏着他；哪怕傅识舟再坏脾气，小尾巴也包容他。

乔落长着一张让人没办法不心软的可爱小脸，让傅识舟毫无办法。他只好接受了这个新环境，还有新环境里独属于他的"人形挂件"。

大一那年，乔落假装生病骗他回家的时候，傅识舟就更清楚自己有多在意这个小尾巴了。

他不知道该怎么处理那种情绪，所以他一个月没有理乔落。

那冷处理的一个月时间里，乔落一直以为是自己把傅识舟惹得不高兴了。可实际上，傅识舟只是在尝试戒掉名为"乔落"的"安定剂"。

然而不行。他辗转反侧，夜不能寐。

一想到以后没有乔落跟他撒娇，他一颗心就生疼。

戒断反应太过强烈，于是傅识舟只能放任自己。

因为睡前的小插曲，傅识舟难过而又担忧的心情得到缓解。他意外地没有失眠，稳稳地睡了过去。

航班是早上六点的，要很早就去机场，傅识舟特意把凌晨三点半的闹钟调成了三点钟，然后在出发前悄悄去了乔落的房间。

正是深睡眠的好时间，乔落又一向睡得很沉。

窗帘之间有一条缝隙，漏进来一条月光银线，仿佛在偷窥这个安静的空间。

傅识舟很轻地拨了拨乔落睡乱了的碎发，剧烈的心跳声连成一句话：乔儿，谢谢你一直在。

傅老爷子这么一病，即便是请了护工，傅识舟还是忙得有点焦头烂额。

乔落也上高三了，艺考近在眼前，时间变得非常不够用。

两个人基本只能靠微信聊天，或者偶尔在一起待个几十分钟，但傅识舟还是明显感觉到乔落变乖了。

小崽子以前恨不得吃个饭都要撒娇让他喂，现在却乖得简直不像话。

乔落来医院给他送饭的时候，乖乖巧巧地拿着个小饭盒，帮他替傅老爷子放下小桌板，还会在他吃饭的时候给他揉一揉累得僵硬的肩膀。

傅识舟当着傅老爷子的面不好说什么，就牵住乔落的手让他坐在旁边，拿一个火龙果让他吃。

乔落就这么乖乖巧巧地表现了两个月，在傅老爷子出院一个星期后，也就是他高三第一次月考成绩下来的当天，给了所有人一个惊喜。

乔落有好长时间没这样跟小鸟似的一路飞了，进了傅识舟家的大门就喊："舟舟哥哥、舟舟哥哥你快出来！"

傅识舟从二楼傅老爷子的卧室下来，一把接住飞扑进他怀里的乔落，借着惯性带着人原地转了一圈，摸着乔落兴奋得红扑扑的小脸问："怎么了？"

乔落掏出自己的成绩单摆在傅识舟眼前，兴奋地说："我！一百六十九名！"

他这段时间不撒娇也不黏人，是真的没时间。他每天不练舞的时间都拿来和各大学科死磕到底，好几次累得趴在桌子上睡过去，半夜冻醒了才又挪到床上去。

傅识舟看着他细细的腰，有点心疼。他本来的打算是等乔落上了高三他再陪着乔落用功的，结果为了照顾自己爷爷没时间管乔落，小崽子居然这么自律了。

乔落蹭着傅识舟，终于撒了一次娇："我为了让你高兴，差点学吐了，你快笑一笑。"

周望归的过世对傅识舟的打击其实没那么大，毕竟他都离开周望归十五年了，每年也就一个来月的时间见见面，周望归还不记得他。

但那到底是他的亲爷爷，加上傅老爷子情绪不佳，傅识舟自己都没发现他最近特别爱蹙眉，可乔落注意到了。

傅识舟一颗心软成了一片。这就是他的乔儿，他的小尾巴，跟在他身边这么多年，他何其有幸。

傅识舟搂着乔落的肩膀带着人往回走，说："奖励你玩两个小时 PSP？"

乔落摇摇头，说："不了，我今天还有好几张卷子要做。"

他转着小脑袋看了一圈，家政阿姨不在，就他们俩，于是偷偷说："我这么棒了，你不好好夸我一下吗？"

乖了几个月的小尾巴总算恢复撒娇的本性，傅识舟没忍住笑了，然后说："夸，夸上天。"

乔妈妈看见乔落从隔壁出来，有点无奈。

不过等看见乔落的成绩单，她的无奈又变成了欣喜："暑假补习果然是有点用的。"

乔落撇撇嘴，道："什么啊，这是我两个月挑灯夜战的成果。"

乔爸爸也凑过来看了看成绩单，非常满意地说："看吧，我就说我们落落到了高三会知道刻苦学习的。"

乔落一板一眼，跟个小大人似的，说："当然了，我不能让你们觉得我不够成熟，是个不负责任的人，我已经在对自己的人生负责了。"

乔落一口气喝完乔妈妈准备的果汁，背着书包上楼去书房，说："我要继续努力了！"

乔爸爸和乔妈妈在楼下面面相觑，都从对方眼中看到了无可奈何。

第十章
永远陪伴

乔落艺考在即，傅老爷子休养了小半年，身体已经大好了。

乔落一家帮了不少忙，老爷子想着要谢谢乔家两口子，正好也想给乔落加油鼓劲，两家人就约在一起吃了顿饭。

傅老爷子到底是年逾古稀，把一切都看得很开了。和周望归之间的心结是他最后一件想不开的事情，而傅识舟则是他这辈子最后的牵挂。

如今心结已经解开，牵挂也有所交代，老爷子心态变得很好，反而比之前更乐和了。

他亲手给乔落倒鲜榨的果汁，笑着说："识舟考大学那会儿的事情还历历在目呢，一眨眼，我们小落落也要成为大学生啦。"

乔落自从和傅老爷子在病房里把话说开了之后，两个人就更亲了。他卖乖地说："傅爷爷，我肯定会加油的，我要考舟舟哥哥的学校。"

傅老爷子看一眼傅识舟，说："好，识舟那所学校不错。"

等吃过饭，傅老爷子回家休息，傅识舟却留在了乔家。

傅识舟打发了乔落去书房看书，才对乔爸爸和乔妈妈说："乔叔、乔姨，我看了落落的几个艺考考点，现在爷爷的身体也没太大问题了，所以我想……要不就我带落落去考试。"

有傅识舟陪着去的话，乔落一定很高兴。

可傅识舟家里的事情才刚解决不久，乔爸爸和乔妈妈又怕傅识舟太累。

乔爸爸和乔妈妈犹豫了一下，还没开口，傅识舟又说："乔叔、乔姨，其实我……"

他顿了顿，思考了一下措辞，才又继续道："其实我有点依赖落落。"

说完他又有点不好意思，手碰了碰自己的鼻子，接着说："是，我知道，我和落落的相处，看上去一直都是落落黏着我，我在照顾他，但其实不是。

"乔叔，乔姨，你们也听过我爷爷他们的旧事了，我从小失去父母，我爷爷把我带到七岁，然后送我来这边，让我跟着小爷爷过。

"我来这里的第一天，落落就背着小书包叫我哥哥，要不是他，我可能会变得孤僻又偏激，根本熬不过这些年。"

作为长辈，不管是面对自己的孩子，还是面对傅识舟，乔爸爸和乔妈妈都是尊重后辈的典范。他们认真听完傅识舟的剖白，一时间有些沉默。

乔落向他们表达过对傅识舟这个一同长大的哥哥的依赖，可无论乔、傅两家关系再好，也只是邻居，并没有亲缘关系。

傅识舟在他们面前看上去很有礼貌，但有时又太过客气，乔爸爸和乔妈妈都没想到他其实只是太过内敛和稳重，他其实对乔落有着很深的感情。

乔爸爸伸手轻轻拍了拍傅识舟的肩，是男人对男人的一种无声安慰。

乔妈妈也终于清楚，乔落和傅识舟在对方心里都是很重要的存在。

乔妈妈想嘱咐几句，请傅识舟以后一定要多照顾乔落。可是这些年傅识舟有多疼乔落，他们有眼睛的人都看得到。他们家孩子简直就是被傅识舟宠坏了，她根本没必要说。

于是乔妈妈只能说："那好吧，落落艺考那几天，你和你乔叔一起陪他去，我就不折腾了。"

艺考成绩要在年后才会陆续公布，除去统考，乔落还报了四所大学的校考。他这些成绩都非常好，甚至还拿到了傅识舟母校校考的第一名。

但是，接下来的文化课复习非常要命。

艺考结束，乔落不用再上舞蹈班，一下子变成全天都要面对黑板和试卷的普通学生了。他本来就是个对学习没什么兴趣的，有点不习惯，学习效率特别低。

不过，傅识舟永远拿乔落有办法。

他比谁都了解乔落，早就料到会是这种情况，于是在乔落高二暑假补习那会儿就和补习老师一起给乔落制订了高三的复习计划。该计划为乔落量身打造，按天安排复习进度，并由傅识舟亲自监督乔落的完成情况。

虽然傅识舟只是每个周末回来一次，但乔落万万没想到他舟舟哥哥破天荒地答应每天和他打视频电话主要是为了检查他的功课。

不过乔落也可以和傅识舟撒娇耍赖。

每次被迫做完功课，他都会委屈巴巴地看着傅识舟，声音软软地说："为什么舟舟哥哥就不知道哄我一下，安慰安慰我呢？"

于是周末的时候，傅识舟就证明了一下自己是知道的。

傅识舟过来的时候，乔落欲盖弥彰地和爸爸妈妈嚷嚷："爸！妈！我和舟舟哥哥去书房了，我要复习数学，你们不要打扰我！"

这是不想让父母打扰他和他的舟舟哥哥相处才对吧！

乔爸爸和乔妈妈已经懒得管这俩傻孩子了，说："那你自己把水果端进去！"

乔家准备的水果是乔落最喜欢的草莓，傅识舟负责投喂，乔落一边目不转睛地抓紧宝贵的奖励时间玩游戏，一边张着嘴等投喂。

乔落从小到大都很好哄，喂他吃一会儿水果，再放纵他玩一会儿游戏，被学习折磨得惨兮兮的可怜小脸就变笑脸了。

但放纵也是有限制的，除去吃水果、玩游戏的时间和吃饭时间，乔落被傅识舟盯着复习到了晚上十点。

乔落困得神志不清，被傅识舟送回卧室，连澡都没洗就迷迷糊糊要睡过去了。

傅识舟白天的时候铁面无私，晚上看着困成这样的小崽子又心疼，找来毛巾帮他擦了脸和脖子，又擦了胳膊和腿，然后轻轻地帮他揉了揉肩。

乔落睡意朦胧，不知道傅识舟在干什么，翻了个身躲开傅识舟的手，迷迷糊糊地说："连续必可导，可导不一定连续。我好困，让我睡会儿……明天……明天再继续做题……"

正甘心做个保姆伺候人的傅识舟有些无奈。

好在高考就在六月份，乔落并没有煎熬太久。

乔落考完最后一科，从考场冲出来，结果发现爸爸妈妈都没在外面等他，就只有一个傅识舟。

乔落茫然地找了一圈，也没找到爸爸妈妈，感觉心灵受到了创伤，问傅识舟："我考完了，爸爸妈妈就不管我了吗？"

傅识舟拿冷饮给他降温，又端着杯子让乔落喝了两口，然后说："我一说要留下来等你，乔叔和乔姨就纷纷表示他们先去酒店给你点菜。"

乔落一点一点地睁大眼睛，说："我爸爸妈妈是对你特别放心吗？"

傅识舟笑着看他，说："嗯。"

他接过乔落的书包，然后把冷饮递给乔落，说："走吧，再不过去，乔叔、乔姨可能都吃完饭过二人世界去了，彻底把你扔给我了。"

乔落颠颠儿地跟在傅识舟身边，走了两步，飞快地拉住傅识舟的手，高兴地说："哇，他们怎么知道我其实也不想回家？我要去你们家住，你要陪我玩游戏机！"

他今天很兴奋，估计是因为终于解放了。

而且他那语气神色里满满的都是得意，傅识舟被他逗笑了，摸了一把他的小脑袋，说："别耍宝了，快点上车。"

乔落坐上副驾驶座，给自己系好安全带。

不过高考考场人太多了，停车场也被各种各样的交通工具挤满，傅识舟只能一点一点慢慢地把车往外挪。

乔落无聊地翻着车载音响的歌单找歌听，找了一会儿又觉得无论哪首歌都无法表达自己内心的喜悦，索性给傅识舟唱现场版。

傅识舟听着小尾巴的倾情献唱，用了整整十分钟才把车挪出来，缴停车费的时候顺手把他做到了第五十一关的小游戏给乔落发了过去。

　　乔落看到微信消息，看一眼小游戏，然后抬起头来傻傻地问傅识舟："居然还有？最新的关卡奖励是什么啊？"

　　傅识舟说："自己看看，暑假礼物。"

　　还是熟悉的配方，还是熟悉的套路，等傅识舟把车开出停车场，乔落就已经把游戏玩通关了，通关礼物是机票订单。

　　乔落看着订单上那个抵达机场，觉得有点眼熟，问傅识舟："哇，你是不是觉得我一定会考得很好？这个是奖励吗？"

　　虽然并不是因为他考得好才会有这个奖励，但傅识舟迷信地觉得说吉祥话还是有好处的，于是就说："对。"

　　考完试的乔落像只刚出笼的小鸟，十八岁的人了，走路还连蹦带跳。

　　傅识舟抓着乔落的手让他好好走路，一直把人带到饭店包间门口。

　　两个人推开门，只见乔爸爸、乔妈妈和傅老爷子坐在里面，笑眯眯地看着他们，桌子上还摆了一个大蛋糕。

　　乔妈妈说："庆祝我们落落进入人生新阶段。"

这顿饭相当有仪式感，乔落真实地体会到高考才是一个人真正长大的标志，之前他过十八岁的生日都没有这样正式。

大家开了一瓶红酒，连乔落都获得批准倒了一个杯底的酒，跟着一起举杯。

吃饭的过程中，大家倒是没怎么提起关于高考的话题，怕乔落紧张，只聊了些适合夏天去玩的旅游景点。

傅识舟抓着这个话题，跟乔爸爸乔妈妈说："乔叔、乔姨，我之前订了机票，想带落落出去玩几天。上回他中考结束去欧洲玩，我没一起去，他跟我闹了好几回，我得给他补上。"

乔落用筷子戳傅识舟，说："就一次，哪有好几回？"

乔妈妈故意逗他："哦，那你是不想跟识舟去？那回去买机票，你还是和爸爸妈妈出去玩吧。我们去长白山，怎么样？"

乔落一下子傻了眼，赶紧说："不了吧，舟舟哥哥机票都买好了，多浪费啊。"

傅老爷子一副过来人的样子，说："孩子大了，不想跟咱们老的一起玩了。"

乔妈妈说："去吧去吧，反正我也嫌你闹腾。"

他爸妈果然是不打算要他这个儿子了，乔落默默地想，然后又用筷子戳了一下傅识舟的胳膊。

然而傅识舟没理他，反倒端起酒杯说："乔叔、乔姨，我敬你们一杯。”

吃完饭，乔落理所当然地跟在傅识舟身后要往傅家走，结果被傅识舟用手指戳着额头拒之门外。

乔落娇气得很，傅识舟就戳了他两下，他眉心就出现了一个很浅的小红点，这让他看起来像极了大号的善财童子。

他不高兴地噘着嘴问：“你干吗？”

傅识舟只好又给他揉了揉额头，说：“你家在那边。”

乔落很委屈地说：“可是你在这里。”

他家小尾巴什么时候才能长大？傅识舟好笑地碰碰他委屈的小脸，说：“你刚考完试，关心一下替你提心吊胆了好久的爸爸妈妈吧。”

乔落飞快地看了自己爸爸妈妈一眼，舍不得地说：“可是我想跟你待在一起。”

傅识舟揉了揉乔落的后脑勺，说：“我不是答应了过两天带你出去玩吗？听话。”

乔落想起那两张机票，这才恋恋不舍地回了自己家。

说要陪爸爸妈妈，乔落就老老实实地在家待了三天。

直到傅识舟推着行李箱来敲他家的门，乔落才想起来傅识舟给他看的机票订单上，航班的起飞时间就在这天下午。

跟傅识舟一起出行，乔落向来只需要带一些换洗衣物就行，其他东西傅识舟都会提前准备好。

于是乔落指挥着傅识舟又往他行李里加了几件自己的衣服，这次连个双肩小书包都没背，跟爸爸妈妈打过招呼就跟着傅识舟出门了。

国内航班的飞行时间不长，一般来说不到两个小时就会抵达目的地。

然而傅识舟还是记着他家小尾巴晕机，提前准备了一堆药物和缓解眩晕感的零食。

心理作用的影响相当可观，有傅识舟在身侧，乔落异常安心。他上了飞机就倒头歪在傅识舟肩膀上睡着了，睡了一路，落地的时候才被飞机的颠簸弄醒。

他迷迷瞪瞪地坐直身体，小脸睡红了一块，看见傅识舟就在自己身边，又把脑袋歪了回去，问："是到了吗？"

傅识舟说："到了。"

傅识舟一只手拿着两个人的随身行李，一只手搂着自己的小尾巴出了机场。

两个人上了出租车，傅识舟说："看看吧，我七岁之前和之后很多个没有陪着你的寒假，都是在这里度过的。"

这是傅识舟七岁之前生活过的城市，也是他的父母和爷爷安葬的地方。

乔落睡得迷迷糊糊，愣了好一会儿才明白过来傅识舟带他来了哪里。

难怪他之前就觉得机场的名字很眼熟，上一次傅识舟飞来这座城市料理周望归的后事，是他守在傅识舟身边看着他买的机票。

地点有些特殊，他立即变乖，抱着傅识舟的胳膊，一副很懂事的样子，问："你带我去看爷爷吗？"

傅识舟说："嗯。"

他从飞机落地开始心情就有些复杂，他已经很久没有在夏天来过这座城市了。而最近的记忆，就是他急匆匆地来办亲爷爷的死亡证明，将老人家安葬在墓园。

但是现在，乔落软乎乎、温热的手拉着他的胳膊，他就又平静了下来。

这个世界上已经没有与他血脉相连的亲人了，但他有小爷爷，还有乔落。

他摸了摸乔落的头发，说："我带你去祭拜一下爷爷，还有我爸妈。我得告诉他们以后记得不仅要保佑我，也要保佑你。"

乔落很担心地握了握他的胳膊，然后像是想到什么，去翻自己随身的小背包，拿出傅老爷子给他的玉，说："爷爷会想看到这块玉吗？"

傅识舟从自己的领口拽出来另一个玉坠子，说："会，他在遗嘱里只嘱咐了我一件事，就是让我好好保管这个玉坠。"

乔落后知后觉地紧张起来，说："你要带我见叔叔阿姨，还有爷爷是吗？他们会不会不喜欢我啊？"

傅识舟忽然想起乔落三四岁的时候戳着自己的脸夸自己"这么可爱"，笑了笑，说："落落这么乖，这么可爱，他们一定会喜欢你的。"

他捏了捏乔落还带着一点红痕的脸，说："没有人会不喜欢你。"

乔落都忘记自己小时候那样自卖自夸过了，但是他也的确很少不自信。

被傅识舟这样一哄，他就忘了紧张这回事，郑重其事地点点头，说："我会告诉他们，以后会有我陪着你，我的爸爸妈妈也会对你很好，你是有亲人的，让他们放心。"

傅识舟对这座城市的记忆并不美好，所以他们并没有在这里待很久，祭拜过他安葬在这里的亲人，第二天就动身离开了。

上了火车，乔落才傻乎乎地发觉他们此行真正的目的地其实是邻近的城市，现在才算是真正启程。

他站在火车两节车厢之间的位置往外看，看到傅识舟也跟过来了，就歪着头问傅识舟："我们去哪里啊？"

傅识舟说："奖励你去玩啊。"

乔落傻傻地点点头，往傅识舟身上一靠，让傅识舟觉得就算自己把他拐卖了他都不知道反抗。

路程不算远，坐高铁半个多小时就能到。乔落无聊，缠了傅识舟一会儿，又拿出来手机玩傅识舟给他做的小游戏。

除了后面有十几关是傅识舟用来逼他复习的，要上传作业照片之外，前面的关卡其实还挺有趣的。

乔落玩到三十几关，忽然想到一个问题，于是拽了拽傅识舟的胳膊，问："你就写到第五十一关？"

傅识舟说："还有最后一关。"

乔落说："还有……你不是要给我什么惊喜吧？"

傅识舟果断觉得自己设置的关卡数量非常不靠谱，既然已经被乔落猜到了，他也就不藏着了。

他拿出自己的手机，把最新的小程序发给乔落，说："那你试试呗？"

这次的关卡简直没有难度，随手乱点都能通关。

通关后，界面上浮现一句话："乔儿，见过我爸妈，以后你就一直是我的家人了，不许反悔。"

乔落看着那句话，眨了眨眼睛，然后凑到傅识舟跟前，撇了撇嘴，说："你怎么不自己跟我讲啊？"

傅识舟于是满足他，开口说："乔儿，以后我们就是最亲近的家人了，好吗？"

乔落歪着脑袋，伸手钩起傅识舟的手指跟他拉钩，说："好啊好啊好啊。"

番外一
成长日记

1.

乔落三岁，傅识舟七岁。

乔落 OS（内心独白）：这个小哥哥好帅啊，可惜脸臭臭的。听说吃糖会变甜，看在他帅的分上，我送他一颗糖好啦。

傅识舟 OS：好烦，不想理他……可是小豆丁好"奶"，算了，接受他的糖吧，这是礼貌。

乔落 OS：小哥哥接受了我的糖，耶，以后落落就有哥哥啦！

傅识舟 OS：我为什么要吃掉这颗糖？好想上楼回自己的房间啊……

接着，乔落犹犹豫豫地牵住了傅识舟的手。妈妈说过的，他是小孩子，出去应该跟在大人身边，不然会走丢的。

舟舟哥哥也算是大人啦！

2.

乔落四岁，傅识舟八岁。

傅识舟 OS：我居然已经在这里住了一年，可我还是有点想家，不知道爷爷的病怎么样了。

乔落 OS：舟舟哥哥不高兴了，怎么办啊？我想哄哄他，可是又不会哄，愁死我了。

傅识舟情绪不佳，躲在屋子里谁也不想理，晚饭也没吃，说困了。

乔落颤颤巍巍地端了一碗面过去，规规矩矩地把面摆在床头柜上，不敢说话。他搬了条小板凳坐在傅识舟床边，眼巴巴地看着他的舟舟哥哥躺在床上一动不动。

乔落愁坏了，大人不高兴了，这要怎么哄？

过了十分钟，傅识舟动静很大地翻身坐起来，黑着脸说："你就不能让我安静……"

他话说到一半就泄气了，小崽子很安静，双膝并拢，双手乖乖放在膝盖上，小心翼翼地看着他，像是被他吓到了。

傅识舟黑着脸自行把火气消化了，吃完那碗面，一只手拿着空碗，一只手拎着乔落，口气很不好地说："走啊，你看的动画片都演了一半了吧？"

3.

乔落七岁，傅识舟十一岁。

乔落终于上小学一年级了，背着新的小书包，牵着傅识舟的手，蹦蹦跳跳地上学去了。

上学第一天回家。

乔落OS：他们都问我牵着我上学的人是不是我哥哥，是啊是啊是啊！他们都说我哥哥好帅，舟舟哥哥是我的，他们没有这么帅的哥哥！

傅识舟 OS：居然有人觉得小崽子可爱，还羡慕我有这么可爱的弟弟。说起来，他除了白一点、软一点、眼睛大一点、性格乖一点、嘴巴甜一点，到底哪里可爱了？小崽子每天不要太闹腾好吧？生个病都娇气得要我抱，我并不想要这样的弟弟。

4.

乔落九岁，傅识舟十三岁。

傅识舟要去参加一个初中生夏令营，他离开家的时候乔落还在少年宫学跳舞。

乔落一回家就去隔壁找他舟舟哥哥玩，然而等了一个晚上都没有等到傅识舟。

第二天，乔落腼腆地去找傅爷爷问他的舟舟哥哥去哪里了。

傅老爷子童心大发地逗孩子玩，说："你舟舟哥哥回家了呀，以后不回来啦。"

乔落急坏了，在原地转了两三圈，眼眶就红了，慌得不知道该怎么办，只知道说："不行啊，不可以的啊。"

傅老爷子没想到乔落反应这么大，赶紧哄着他，还道了歉，说傅识舟三天之后就会回来。

乔落吓怕了，生怕傅爷爷后面这句话才是骗他的，整整三天都吃不好睡不着。

终于等到傅识舟回来，他连忙对傅识舟说："舟舟哥哥，你以后不要再走了好不好啊？"

傅识舟被他蹭了一身眼泪，却难得地没有烦他，而是说："好。"

5.

乔落十岁，傅识舟十四岁。

乔落赖在傅识舟家里不想走，非要跟傅识舟一起睡觉。

其实就是傅识舟晚上出去打篮球了，没有陪他玩，乔落霸占傅识舟还没有霸占够。

傅识舟黑着脸说："不行。"

乔落就冲过去跳到傅识舟背上，让傅识舟背着自己，黏人地说："行，怎么会不行？不管落落说什么，舟舟哥哥都会答应。"

傅识舟只好黑着脸把人给背上了楼。

半夜，乔落睡得迷迷糊糊，他睡觉相当不老实，先踹了傅识舟一脚，又一脚把被子给踹开了。

被踹醒的傅识舟头疼地看着呈"大"字躺在身边的小奶团子，不高兴地抿着嘴唇给他盖被子，帮他掖好被角，怕他又踹，就挨着他帮他压住被子。

乔落半醒不醒地想：凶我都是假象，舟舟哥哥对我最好了。

他贴着傅识舟的胳膊，梦中都很欢喜。

6.

乔落十一岁，傅识舟十五岁。

乔落又生病了，哭着闹着要找他的舟舟哥哥。

傅识舟作业都没写完，就认命地跑去隔壁陪乔落，洗了块毛巾把小花猫的脸擦干净，然后得心应手地喂他一瓶养乐多，说："不许哭了。"

乔落拽着他的手说："舟舟哥哥，你不要生气嘛。"

这个时候傅识舟已经不会真的对乔落生气了，因为他已经习惯了乔落的撒娇套路，甚至还有点乐在其中，毕竟小崽子只跟他一个人这么撒娇。

傅识舟突然觉得，习惯真可怕，就像他已经习惯了在这座城市生活，习惯了和这里的朋友玩，习惯了把小爷爷当成最亲近的家人而不是陌生人。

这个适应期本该十分痛苦，可实际上对傅识舟而言却显得自然而然。

他没有太多孤身一人的时刻，没有体会过太多孤独和难过，因为软乎乎的乔落总是会跟在他身边，黏着他，陪着他。

7.

乔落十四岁，傅识舟十八岁。

傅识舟高考结束，成绩优异，考上了很不错的大学。

傅爷爷很高兴，请了乔落一家人一起为傅识舟庆贺。

乔落爸爸妈妈还送了礼物，衷心恭喜傅识舟。

只有乔落闷闷不乐。舟舟哥哥要去上大学了，舟舟哥哥要住校了，舟舟哥哥不能训完他又偷偷对他好了。

傅识舟倒是没觉得有什么不好，终于可以摆脱天天黏着他的小尾巴了。

他浑身轻松地入住大学寝室，结果，才过了一个星期就受不了了。

白天没有小崽子不停地叫他"舟舟哥哥"，晚上他竟然梦见了小崽子，还是他抱着哭唧唧的小崽子哄的场景。

傅识舟觉得，他怕不是养成习惯了，不然怎么会这么舍不得黏人怪小崽子？

他是习惯了乔落黏着他，可不应该到现在还是如此。

于是，傅识舟开始了和乔落的单方面冷战，他对小崽子不理不睬，彻底无视。

可是，他只要一想象乔落委屈巴巴不知所措的样子，以及小崽子真着急了的时候通红的一双眼，就怪心疼的。

然后他坚持不下去了，主动跑回家哄乔落，又告诉自己：傅识舟，不能仗着乔儿依赖你，你就欺负他。等他长大一点，再长大一点，他会独立的。

8.

乔落十六岁，傅识舟二十岁。

乔落考上重点高中了，傅识舟看见他小爷爷发来的消息，嘴角都要翘上天了，不肯收回来。

然而，小崽子打电话过来，傅识舟不想让自己的情绪外露，只能控制着说："这有什么好高兴的。"

他不能对乔落太好了，不然这种依赖延续下去，对两个人的关系没有任何好处。

但是，人要是能在感情中控制好自己，那就相当于进化成一台机器了。

傅识舟凡夫俗子一个，挣扎了两个小时，最终挑了一本最不会引起误会且最实用的《5年高考3年模拟》作为礼物，回了趟家，送给乔落。

9.

乔落十七岁，傅识舟二十一岁。

小尾巴长大了，但他永远是傅识舟的小尾巴。

10.

乔落二十一岁，傅识舟二十五岁。

傅识舟毕业之后被郁子恒拉去入伙，创业搞得热火朝天、声势浩大。

第一个项目的庆功宴上，傅识舟喝了一点酒，结束以后就没法开车。

他不想叫出租车，就牵着乔落走路，反正目的地离得也不远。

乔落跟着傅识舟走路是一向不看路也不走心，傅识舟"拐带"小孩的功夫到家，不管把人"拐"到哪里去，乔落都没有意见。

直到……傅识舟带着他停在一间乔落没去过的房子前。

乔落歪着脑袋看傅识舟，说："你喝多了，走错啦！笨蛋。"

傅识舟笑了，他没有醉意，可那淡淡的酒意却让他显得与平时有点不同，乔落看得愣住了。

傅识舟掏出钥匙开了门，说："你才是小笨蛋，没走错，这是家。"

房子装修得很简单，门口摆着两双一模一样的拖鞋。

乔落傻了眼，换了拖鞋，亦步亦趋地跟着傅识舟进了房间。

乔落指了指屋里，只能发出一个单音节："啊？"

傅识舟说："房子是一年前买了装修好的，当时还是你子恒哥借我了一笔钱。这次项目的分红我一点都没拿，都用来还债了。所以傻乔儿，要不要搬进来和我一起住？"

乔落冲进傅识舟怀里，像曾经说过的那样，高兴地道："好啊好啊好啊！"

11.

乔落三十岁，傅识舟三十四岁。

乔落 OS：为什么三十多岁的男人还可以这么帅！

傅识舟 OS：小崽子都三十岁了，为什么撒娇的时候还这么自然啊？

公司里知名的冷面副总和知名的艺术团舞蹈演员碰到一起，还是一个宠一个闹，像是永远也长不大。

12.

乔落四十一岁，傅识舟四十五岁。

乔落："舟舟哥哥！"

傅识舟："在呢。"

乔落："今天妈给我打电话了，说让咱们回去吃饭。"

傅识舟："知道，妈也给我打电话了，正好郁子恒给我带了咱爸最喜欢的茶叶，今天一块带过去。"

13.

乔落很多很多岁，傅识舟也很多很多岁。

他们成了两个老头子。

傅识舟换了一套郊区附近的房子，比之前的房子大很多。

傅识舟买了摇椅放在新房子里，乔落坐在摇椅上，傅识舟在他身后推着他，乔落就转头依赖地看着傅识舟。

他叫傅识舟"舟舟哥哥"叫了一辈子了，仿佛自己永远也不用长大，因为永远都有人让他无条件地依赖。

现在，他声音甜甜地说："舟舟哥哥啊，你看隔壁那两个小孩子，像不像我们小时候？"

傅识舟也挤过去坐在摇椅上，看着院子外面的小孩子不肯自己走路，本来牵着她走路的哥哥就把她背起来。

两个人依偎在一块，肩并着肩，头靠着头。

春天的阳光真好啊，就算是夕阳，也很好。

番外二
撒娇日常

1.

乔落选了巨难无比的选修课。

别问为什么，问就是学分不够，然而他抢课又抢不过别人。

不过，不幸中的万幸，乔落在这门课上认识了一个志同道合的朋友，叫方屿。

然而，万幸中的不幸，这门课的助教学长邢岸认识方屿。乔落看着他们两个人整天一个闹脾气一个哄，就更加想念出差在外的傅识舟了。

于是，乔落晚上就抱着傅识舟的枕头给傅识舟发消息："枕头想你了，天天吵我，吵得我睡不着。"

接着，他又发："被子想你了，天天闹我，闹得我睡不着。"

有时差呢，傅识舟很久以后才回消息："听话，乖乖睡觉，我很快回去。"

乔落发语音撒娇："不听不听不听。"

傅识舟收到消息吓了一跳，这都几点了，小崽子还没睡呢。

他给乔落打了视频电话，响了一会儿才被接通。

电话那头的乔落穿着毛茸茸的睡衣，"卖萌"似的把帽子也戴上，这样显得自己脸小又可爱，然后他说："舟舟哥哥，你想我啦？"

傅识舟不接话茬，说："这都几点了，你怎么还没睡呢？"

乔落本来在和方屿玩联机游戏呢，一局还没结束，不能坑队友。

他一心二用地应付傅识舟，结果自然就是他来不及瞎编，暴露了实情："我在带我朋友上分。"

傅识舟没听说乔落有哪个朋友好到要他熬夜带着上分的，突然产生莫大的危机感，不动声色地问："谁？"

二十分钟后，傅识舟黑着脸听完了乔落和方屿的相识过程，还收到了乔落的一句吐槽："他明明就不讨厌邢学长，还老是嘴硬，给人家脸色看，跟你有点像。"

傅识舟气得够呛："什么人能和我像！"

乔落完全不知道傅识舟已经不开心了，继续说："你们一样别扭啊，你之前不也是老装模作样对我甩脸子吗？"

傅识舟："我……我什么时候给你甩脸子了？"

乔落细数他的十大罪状："你嫌我的恐龙丑，送我的毕业礼物是《5年高考3年模拟》，威胁我、不让我早恋，凶我黏人……哦还有，你叫我起床的时候也很凶。"

傅识舟有些无奈。

他无力地解释："我那是怕你分心，影响你的学习。"

乔落撇着小嘴提要求："哼，我都快期末考试了，你老不回来，怎么就不怕我想你想得分心了啊？"

他在摄像头前晃了晃自己的脑袋，然后说："看见没？看见没？我满脑子只有'傅识舟'三个字了，塞不进去半点学习内容了！"

第二天一大早，乔落睡眼惺忪地见到了风尘仆仆赶回来的舟舟哥哥。

这下好了，他上了大学也还是得被傅识舟监督着做功课，连游戏机都给没收了。

晚上，他还收到了邢岸学长的微信，学长暗示他不要陪方屿出去玩。

还玩个鬼啊！他舟舟哥哥相当严格，让他十点之前必须上床睡觉！

2.

傅识舟受伤了。

至于为什么傅识舟会为救一个差点从电梯上摔下来的小孩子而自己骨折，乔落当然不会觉得是因为他的舟舟哥哥蠢。

但是问题来了，乔落生病的时候对着傅识舟撒娇腻歪的经验丰富，可他没有照顾生病的傅识舟的经验。

于是，乔落机智地点进微信，给方屿发消息问："你生病的时候，邢学长都是怎么照顾你的啊？求经验。"

　　乔落比较好骗，之前方屿跟他说自己是照顾人的那一个，乔落虽然惊讶，但还是信了。于是，乔落很自然地对比现在的状况，觉得邢岸照顾方屿的方法会比较合适。

　　方屿以为傅识舟是感冒发烧了，想了想，给乔落回复："他一般就给我煮粥吧，说是要吃点清淡的。"

　　乔落抱着方屿友情赠送的食谱钻进厨房，过了二十来分钟，歪在床上回复工作邮件的傅识舟闻到了一股烧焦的味道。

　　傅识舟本来以为乔落是无聊去书房玩游戏了，闻到味道才反应过来小崽子这是干什么去了，一时间哭笑不得。

　　这会儿就算乔落把厨房炸了，他都觉得心里很甜，简直没救了。

　　他在卧室喊道："乔儿？"

　　乔落刚把第一锅煮煳了的粥倒进垃圾桶，蹲坐在餐厅地板上和方屿在微信中交流煮粥经验。听见傅识舟叫他，他飞快地跳起来，差点被餐桌椅绊倒。

　　乔落一边揉着磕疼了的腿，一边跑进卧室，说："在呢在呢！舟舟哥哥你怎么了？腿疼吗？要去厕所吗？"

傅识舟看他紧张兮兮的，就拍拍自己身边的位子，说："不疼，我自己也可以上厕所。我只是一条腿骨折，又不是瘫痪了。"

乔落坐过去，不高兴了，小脸拉得老长，气鼓鼓地说："你瞎说什么呢？什么瘫痪！呸呸呸！"

小崽子不高兴了，傅识舟于是换了个话题，说："一股焦味。"

乔落注意力转移得飞快，立即想起自己失败的爱心粥，委屈又可怜地说："我煮粥失败了，舟舟哥哥你饿不饿？"

傅识舟下午两点才吃完午饭，并不饿，但是他说："饿。"

乔落并没有研究出来粥为什么会煳，于是沮丧地说："那今天只能叫外卖了。"

傅识舟不动声色地把乔落往自己怀里拽了拽，说："我不想吃外卖。"

乔落愁死了，皱眉道："那怎么办啊，我麻烦爸爸妈妈煮饭送过来吗？"

傅识舟亮明底牌，用一种乔落惯用的可怜语气说："我生病了连饭都没得吃，唉。"

乔落完全被拿捏住，立即说："我可以学！"

之后，乔落围着小围裙，被坐在旁边轮椅上的傅识舟指挥得团团转。

经过长达三个小时的努力，乔落终于煮出来一小锅皮蛋瘦肉粥。

乔落相当娇气，把粥盛在碗里就撇着嘴说："我手都酸了，你要是不喝完，可太对不起我的辛苦付出了。"

傅识舟好笑地伸手给他揉了揉"酸痛"的手腕，接过他端过来的粥，说："小娇气包。"

说是这样说，傅识舟还是拿勺子把一小锅粥全喝完了，喝得相当满足。

3.

乔落和傅识舟又收到婚礼请柬了。

不过这次是乔落收到的请柬，傅识舟一起出席。

方屿的二哥娶了邢岸的表姐，不过二哥结婚结得太晚了，他的发小都做爸爸了，没人能来给他组伴郎团。于是，方屿自告奋勇解决了这个问题，邀请了自己的未婚好友乔落当伴郎。

邢岸蔫坏，前一天晚上惹到了方屿，方屿情理之中地爹了毛，第二天早上还在生气。

方屿拿枕头捂住邢岸的脑袋使劲一压，然后下命令："我烦死你了！今天你不许靠近我三步以内！"

邢岸端着热牛奶和牛角包喂方屿吃完早饭，拿出了他哄方屿的时候经常用的道具——橘子糖。

作为伴郎团的一员，乔落到得比较早，正好看见了邢岸哄人的这一幕。

乔落看傻了。

他从小被傅识舟管着长大，老挨训，一直觉得大的那个就是可以训小的那个，这种想法都成下意识了。

没有对比就没有伤害。

现在，他酸了。

于是，他拽了拽傅识舟的袖子，说："我饿了。"

他一句话踢在了铁板上，傅识舟眼神凉凉地看了他一眼，说："早上不肯吃饭，说好朋友给他留了小点心的是谁？"

是他，乔落本人。

乔落本来想学方屿的样子脸臭臭地跟傅识舟说话，然而他学艺不精，彻底走样，开始撒娇："难道你就不能哄哄我吗？"

二十好几的人了，跟个小屁孩似的闹着不肯吃饭，现在还要人哄，傅识舟瞪他，问："你几岁了，还让人哄？"

乔落心想方屿比他还大两个月呢，人家不也有人哄吗？于是委屈巴巴地说："难道哥哥不就是用来哄弟弟的吗？"

傅识舟酸溜溜地说："你哥哥还可以用来充当你好朋友的哥哥的伴郎。"

眼看那边邢岸戳着方屿的小脸哄人家呢，他家这位还老对他态度不好，伤害简直指数级增长。

乔落委屈坏了，说："你就哄一下嘛。我这么好哄，你哄一下不行吗？"

傅识舟不知道乔落这是在闹什么，但是看乔落实在很不高兴，就目视前方，说："你先去和他们打个招呼，然后我带你去吃东西。"

乔落失落极了："我不是这么好哄的吧？不是你敷衍一下随便哄哄就能好的吧？"

傅识舟疑惑了："你早上还挺高兴的，怎么突然就不高兴，还得我哄你了？"

找碴儿失败，乔落一愣。

他脑子里飞速闪过各种理由，终于泄气了。

他羡慕地看着方屿，语气悲伤："我不管，我就是想让你哄哄我。"

傅识舟顺着乔落目光投去的方向一看，终于明白了。

他家小崽子是乖，好哄又好骗，没给过他臭脸，傅识舟心软了。

他低头给乔落整理了一下领结，借机靠近乔落耳边，悄悄说："现在你是来当伴郎的，不能使小性子。等我们回了自己家，我再好好哄你，哄到你满意为止，行吗？"

乔落不太相信地问："不会是你随便说几句话敷衍我的那种哄吧？"

傅识舟："我什么时候敷衍过你了？"

乔落眼巴巴地看着傅识舟，小声念叨："昨天试伴郎服的时候，你看都没看就说'好看'，我又不傻。"

傅识舟深吸一口气，说："是只说你喜欢听的话的那种哄，就算你要听一百遍我夸你好看，让我详细说说你哪里好看，我也都说给你听，行吗？"

就说他好哄又好骗吧，乔落高兴起来，点点头说："成交。"

番外三
全家福

四月的樱花开得最旺盛最好，傅识舟难得工作没那么忙，就答应乔落带他出去散心。

傅识舟转念一想，元宵之后，两家人还没聚过呢，索性又把乔爸爸、乔妈妈和傅老爷子都带上了。

乔爸爸开车带着乔妈妈和傅老爷子从小别墅出发，傅识舟开车带着乔落从他们俩的小公寓启程。

乔落二十几岁的人了，平时在学校还能有个学长的样子，教训起小学弟来有模有样，但是一到傅识舟跟前，他就原形毕露，早上起床都要撒娇，拖着长音耍赖："困嘛。"

傅识舟把出门要带的湿巾、纸巾、小坐垫都准备齐全了，回屋一看，小崽子又睡过去了。于是，他只好亲自上床把人给拽起来。

乔落噘着嘴嘟囔："为什么要出去玩呢？是床不舒服还是被子不够软？"

傅识舟无语，也不知道之前是谁为了出去玩把他闹得够呛。

乔落一向起床难，傅识舟没办法，只能用老套路，把娇气包从床上拽起来，带到洗手间。

他一只手扶着乔落，一只手去拿电动牙刷，说："自己挤牙膏。"

乔落困得迷迷糊糊，举着牙膏不动，还得傅识舟拿着电动牙刷凑过去才勉强把牙膏挤好，然后塞进他嘴里。

刷了牙，被薄荷牙膏的清凉刺激了一下，乔落才清醒一点，但还是不想动弹。

他对付傅识舟相当有经验，在傅识舟黑脸前讨好地哼唧："舟舟哥哥你最好了。"

傅识舟挡不住糖衣炮弹，只得又把他带回卧室。

乔落坐在床沿，晃悠着两条小细腿，问傅识舟："我穿什么呀？"

傅识舟把他的卫衣和休闲裤拿出来放在床上，然后自己去换衣服。

然而，他回来时看见乔落只把裤子换好了，趴在床上玩起了手机。

傅识舟无言。

这才给了几天好脸色？小崽子又要上天了。

他冷着声音说："乔落。"

傅识舟叫全名了，乔落赶紧一个激灵翻身爬起来，利索地穿戴整齐。

乔落起床就费了好大的劲，等到公园都快中午十一点了。

假期里哪儿都是人，好在他们心态好，挤在人群中逛了半个多小时，然后找了块相对宽敞的空地，在大草坪上支开小帐篷，铺好野餐用的餐垫。

乔爸爸和傅识舟去车上把食物、饮料还有一次性餐具都拿过来。

来公园野餐的人不少，大草坪上光小帐篷就有十几顶。

旁边一个三四岁的小孩不知道为什么特别喜欢乔落，和乔落玩了一会儿，还跑到他们这里蹭了一瓶乔落最喜欢的养乐多。

小孩很有礼貌，拿了人家的零食，乖乖巧巧地冲着傅识舟说："谢谢叔叔。"

然后，他又对乔落说："哥哥，我带了风筝，下午我们可以一起玩。"

傅识舟无言。

傅老爷子乐不可支，拍着傅识舟的肩膀说："让你不要老加班，看看，差辈了吧？"

乔落生怕傅识舟不高兴，赶紧凑过来哄道："可能是我穿卫衣显年纪小。"

然而傅老爷子非要和自己孙子过不去，说："什么显小？我们落落本来就小。"

傅老爷子最近在家里附近的公园和一帮老头儿老太太打太

极，和一户人家的小孙女学了个新词，这会儿用在了乔落身上："还是个靓仔。"

乔落顿时就忘了哄傅识舟这茬了，看着傅老爷子说："哇，小爷爷，你还会用'靓仔'这个词！"

傅识舟头疼地看着这一老一小，把消毒湿巾塞到乔落手里，说："自己擦。"

然后，他又凑到乔落耳旁小声说："反正我天天跟带孩子似的，没差辈。"

吃完午饭，傅老爷子要在帐篷里躺着歇一会儿，乔落就跑去和上午黏着他的小孩放风筝了。

过了二十来分钟，他又拉着小孩的小手跑回来，眼巴巴看着傅识舟，卖乖道："舟舟哥哥，风筝飞不起来。"

那个小孩也学乖了，说："哥哥帮忙。"

这回又叫"哥哥"了。

傅识舟好笑地站起来，跟他们去很多人都在放风筝的空地。

他让乔落举着风筝站着，他一边放线一边跑，等距离差不多了就喊"放"。乔落一松手，风筝就慢慢飞起来了。

小孩在旁边兴奋得拍手："飞起来了！"

傅识舟把风筝线轴递给小孩，然后就把自家小崽子带走了。

太阳不大，但是乔落不禁晒，小脸都晒红了。

傅识舟给乔落拿了瓶水，然后两个人一起坐在刚刚野餐的垫子上。

乔落坐在傅识舟身边，傅识舟一只手搭在他肩上，望着满天的风筝说："我刚看见你的时候，你就那么点大，跟小糯米团子似的黏着我。"

乔落感慨："哇，原来你那个时候就觉得我可爱啊。"

傅识舟破坏气氛："算了吧，我那会儿烦死你了。"

乔落可委屈了："我明明那么可爱。"

傅识舟笑死了，揉揉乔落的脑袋，问："谁会自己说自己可爱？"

人太多了，乔落不好意思撒娇，就悄悄用脑袋蹭了蹭傅识舟的肩膀，问："我不可爱吗？不可爱你为什么要宠着？"

傅识舟说："可爱，我后来才发现，小糯米团子是甜口夹心爆浆的。"

傅老爷子休息够了，俩小的也说完悄悄话了，一大家子收拾好东西放回车里，然后拿着相机赏花。

这时节不光有樱花，海棠、梨花还有桃花都开了，乱花渐欲迷人眼，开得相当热闹。

乔落最兴奋，拿着相机拍个不停。才下午三点多，相机的电就被他用掉了一半。

乔妈妈念叨他："多大了，还跟个小孩子似的。"

然后她又说傅识舟："你把他惯得没样子了。"

傅识舟只笑，不说话，他恨不得乔落一辈子都这样无忧无虑。

这个公园最有名的是一棵百年樱花树，有很多人在树下合影。乔爸爸提议："我们也在这儿拍张合影吧。"

乔妈妈立即附和："对，拍张合影，全家福！"

人太多了，想要找到一块空地、不把外人拍进去十分难。

他们好不容易逮住空当，让傅老爷子站在最中间，一边是乔爸爸乔妈妈，另一边是傅识舟和乔落。他们都牵着手，让相机记录下最温馨美满的一刻。

全家福拍出来的效果非常好，乔妈妈说要洗出来："书房里现在那张全家福是落落满月的时候和我们两家的父母拍的，回去把我们今天拍的挂在旁边。"

乔妈妈有些感慨："想想落落那会儿就那么点大，还不到十斤，包在被子里跟颗花生米似的，一眨眼都上大学了。"

傅老爷子指着傅识舟说："这个小蹦豆都上班了呢。"

乔落第一回听到有人用"小蹦豆"形容傅识舟，没忍住，"扑哧"笑出声来，被傅识舟揉了一把脑袋。

傅老爷子越发孩子心性了，傅识舟无奈地说："小爷爷，给我留点面子吧。"

一家人都笑出声来，一起往公园的另一边溜达。

乔落扯着傅识舟落后了几步，等长辈都走到前头去，他才踮起脚在傅识舟耳边小声说："其实我也没有长大，你还是得哄着我。"

番外四
小剧场

1.

傅识舟刚搬过来的那两三年，乔落一直沉浸在自己有了一个哥哥而且这个哥哥还特别帅的兴奋和幸福中，是个十足的"哥控"。

如果傅识舟带他出去，乔落只要看见熟人，不管男女老少，都要超级大声地介绍："这是落落的哥哥！"

如果傅识舟没在他跟前，乔落也是逮到机会就跟人炫耀："我舟舟哥哥可帅了！有机会让你见见！"

傅识舟被迫成了乔落幼儿园的知名人物，那叫一个头大啊。

眼看乔落上了小学，傅识舟觉得自己马上就要在整所小学出名了，赶紧想了个办法。

有一天，他带着小崽子一起去上学，乔落一句"这是我哥哥"还没说出来，一个梳着羊角辫的小姑娘就凑到傅识舟跟前，脆生生地喊："舟舟哥哥！"

乔落急眼了，傅识舟却笑得可开心可温柔了，对着小姑娘说："你好呀。"

乔落立刻化身"柠檬精"，舟舟哥哥都没有这样对他笑过！

于是，再以后，他一看见同学就把傅识舟拽开，生怕他舟舟哥哥被人抢走。

傅识舟心道：计划通。

二十年后，成年人傅识舟遇上熟悉的人就含蓄地介绍："这是我家挂件乔落。"

乔落不像小时候的傅识舟那么别扭，每次都故作害羞但实际上非常开心地说："你好。"

这个弟弟这么可爱，后来傅识舟的朋友只要看到什么适合乔落的零食、衣服和旅游景点，都给傅识舟推荐。

傅识舟感受到了乔落的受欢迎程度，后来每次出去都不跟熟人打招呼了。

乔落又一次化身"柠檬精"，语气酸酸地问傅识舟："是我见不得人吗？"

傅识舟强词夺理："小时候你看见你同学还把我拽开呢，是我见不得人吗？"

乔落："我那是怕他们跟我抢……"

说到一半他才反应过来，顿时激动了，一蹦老高，搂住傅识舟的脖子说："你快说！你是不是怕他们跟你抢我？快说快说快说！"

2.

冬天到了，天寒地冻，乔落每天一回家就跟傅识舟抱怨他的脚冻得冰凉，傅识舟就不厌其烦地往他脚上贴暖宝宝。

傅识舟虽然是合伙人身份，但说到底还是个"社畜"，"社畜"就需要工作，没办法老待在家里监督小崽子。

他的工作需要出差，某次一走就是一个礼拜。

晚上回了住宿的宾馆，傅识舟跟乔落打视频电话，先问最关心的问题："今天脚冷不冷？"

乔落伸出自己的小脚丫，说："不冷！"

白生生的小脚丫现在被套在一双猫爪形状的珊瑚绒袜子里，小脚趾还不安分地动了动。

乔落可可爱爱地给傅识舟发送了一个"眨眼"的表情包，说："喵。"

乔落又说："方屿送给我的，说特别暖和。"

傅识舟在心里默默地告诉自己：袜子是无辜的，猫爪还是可爱的。

然后，他问："那是我平时给你贴暖宝宝暖和还是这个袜子暖和啊？"

乔落又晃了晃自己的小脚，震惊无比地道："你居然拿自己和袜子比！"

番外五
小奶猫

1.

家里有个乔落就够了，傅识舟没想过再养什么宠物，毕竟养乔落就挺费神费力的了。

然而，有一天大早上，闹钟还没有响，他就被什么东西舔醒了。

那种感觉并不舒服，痒痒的，还有点疼。

傅识舟下意识用手蹭了下脸，迷迷糊糊地感觉到手掌心有一团毛茸茸的东西在拱他。

这下他终于被拱醒了，翻了个身睁开眼睛，整个人一激灵——他枕头边上趴着一只毛茸茸的小奶猫，毛色带了点金黄，像是被阳光洒了一身。

小猫见他醒了，便不拱他了，乖乖地趴在他的枕头边上，"喵"了一声，奶得傅识舟心都要化了。

可是……他家里哪来的猫？

傅识舟坐起来，一边找到自己的手机看时间，一边叫一大早就没看见的人："落落？你今天怎么起这么早？"

傅识舟没得到乔落的回应，那只小猫倒是"哼哧哼哧"费力地迈着小短腿从床的那边翻越"被子山"爬到了他身边，又"喵喵"叫了两声。

这是谁家的黏人小猫被乔落带回家来玩了？太可爱了吧！

傅识舟把小猫捧起来，小猫毛茸茸、肉嘟嘟的一小只，手感非常好。

他安抚性地用一根手指摸了摸小猫，但注意力到底还是在乔落身上，他又喊道："落落？这是哪里来的猫啊？"

平时叫两声早就飞速跑到跟前的人这会儿竟然一句也没搭理他，傅识舟一边反思是不是自己把人给惹生气了，一边下床要去找人。

他没养过猫，这只猫他也不知道该怎么处理，总不能一直捧着吧。可他又怕小猫摔地上会受伤，就把被子团成一团，做了个窝，打算先把小猫放床上。

然而，小猫看着乖，见他要放手，就用前爪挠他的睡衣袖子，死活不松开，还有点着急地"喵喵"叫了起来，那耍赖打滚可怜巴巴的劲儿看着格外眼熟。

不过傅识舟现在急着去找乔落，暂时没有时间哄猫，就一只手拎着小猫的后脖颈，一只手把它的爪子扯开，放到了被子里。

小猫更着急了，折腾半晌，还把自己绊倒，摔了个跟头，终于艰难地从被子里爬出来，跑去床头柜上拱乔落的手机。

然而小猫咪是打不开手机的，急得直叫唤，围着手机团团转，委屈得快要哭了。

傅识舟本来都要从卧室出去了，可不知道为什么，他看不得小猫咪这么可怜，只好又回来，撸了两把小猫的毛，然后把手机给摁亮了。

　　乔落的手机屏保是两个人的合影，小猫开始拼命用爪子拍乔落的脸，发出一种细软又可怜的声音："喵。"

　　小猫咪太小了，凑过去拍打一会儿手机屏幕，就跑到傅识舟跟前蹭蹭傅识舟，然后又跑回去拍打手机屏幕，黑亮的眼睛望着傅识舟。

　　傅识舟看了小猫一会儿，忽然之间福至心灵："落落？！"

　　小猫蹦了起来，被枕套上的流苏绊了一下，不小心又摔了一跤，却根本没在意自己的磕磕绊绊。

　　小猫飞快地爬起来，用脑袋蹭着傅识舟的掌心："喵！"

　　2.

　　乔落昨晚睡得不算早，睡得舒舒服服，反正他不用担心迟到，也不用担心睡过头来不及吃早饭，他舟舟哥哥会给他买好早饭，再算好时间来叫他起床。

　　但这天大早上的，一向睡不够的乔落居然自己醒了。

　　他倒也没觉得特别困，就是觉得有点热，还有点腰酸腿疼。

　　他这是……生病了？

乔落从小到大都是被宠着的，几乎没吃过苦，不舒服了第一反应就是找傅识舟。结果他刚要说话，就发现有些不对劲。

他怎么变小了？还长出了软乎乎的绒毛，手脚都成了带肉垫的小爪子——他好像变成猫了！

乔落慌了，想要叫傅识舟，却只能发出微弱的小猫叫声。

他急坏了，连滚带爬地翻身蹭到傅识舟身边，一句"舟舟哥哥"叫不出来，就舔傅识舟的脸，顺便用自己的小脑袋拱啊拱。

身为一只小奶猫，他的力气实在太小了。

乔落拱了半天，累得趴在枕头上直喘气，才好不容易把傅识舟给弄醒了。

他高兴地叫了一声，然而很快又失望了——舟舟哥哥根本没有认出他来，一边下床一边喊"落落"。

落落在这里！

乔落急得在心里喊。

可是笨蛋傅识舟不仅没有认出他来，还把他放在床上，用被子给困住了。

乔落开始使劲"喵"，挠着傅识舟的睡衣不松爪子，把他之前闹傅识舟的那点耍赖的本事全用上了，寄希望于傅识舟和他的心电感应。

然而，傅识舟只是撸了撸他的毛。

这下乔落是真的有些慌了，傅识舟是他全部的安全感，可傅识舟并不知道眼前的小猫就是他家小尾巴。

怎么办呢？舟舟哥哥认不出他来，以后就不哄他也不对他好了！

乔落被困在被子山里，第一次感觉原来舟舟哥哥也是笨蛋。

他急得原地转了三圈，脑袋才忽然好使了一点，跑去找现代通信工具——手机。

他说不了话，打字给傅识舟看总可以吧。

可小猫咪的爪子是打不开手机的，乔落眼看着傅识舟要从卧室出去，急得差点哭了。

按照他现在的大小，他连这张床都下不去，傅识舟要是真的走了，他该怎么办啊！

好在傅识舟注意到他的动静，折了回来，帮他摁亮了手机。

手机屏保上是他们俩的合影，合影里的乔落身上穿的是他十八岁生日的时候傅识舟送的那套西装，傅识舟衬衣袖口则戴着他出国玩的时候给傅识舟买来当礼物的袖扣。

乔落举起自己的小猫爪，指着屏幕上的乔落一顿拍，示意：这是我呀我呀我呀！

然后，他蹭了蹭傅识舟的腿，又示意：我是落落呀！

猫言猫语翻译起来实在困难，他的舟舟哥哥看了他好一会儿，才总算隐约认出他来，犹豫着喊道："落落？"

乔落开心坏了，变成猫也没关系，只要舟舟哥哥还能认出他来，就什么关系都没有。

他赶紧跑去和傅识舟撒娇，声音细细地叫："喵！"

他的意思是：舟舟哥哥抱！

3.

乔落变成猫了。

还是一只看上去没几个月大，胎毛都没掉干净，傅识舟一只手就能握住，洗漱的时候能直接装在睡衣口袋里的小奶猫。

小奶猫相当黏人，几乎到了他一走开就要闹的地步。

傅识舟只好把小猫咪揣进睡衣口袋里去卫生间洗漱，洗漱完一低头，他就看见小猫扒着他睡衣口袋的边，正眼巴巴地看着他。

一人一猫一对视，小猫咪就伸出小爪子搓了搓脸，"喵"了一声。

傅识舟脑海里莫名有一些儿时的回忆。

那会儿乔落才三岁多一点，跟小糯米团子似的，也黏人得厉害，还偏偏只黏他一个。小糯米团子只要跟他一对视，就会拖着奶音喊"舟舟哥哥"，要抱又要哄。

那个时候他对小乔落没办法，现在他对小猫咪更没有办法。

于是，小猫暂时被取名为"糯米球"。

傅识舟想起小时候的乔落心就有些软，伸出食指轻轻碰了碰糯米球的小脑袋瓜，被小猫咪依赖地蹭了蹭。然后，他才回卧室换衣服去了。

他暂时把小猫放在床上，说："老实待一会儿，不许乱跑，小心掉下去摔伤了。"

小猫"喵"了一声，小短腿一划，趴床上了。

傅识舟这才放心地去了衣帽间，结果他刚穿了一件衬衣，扣子都没扣完，就听见外头的小猫"喵喵喵"一阵乱叫。

小崽子变成猫更不让人省心了，傅识舟赶紧从衣帽间跑出来，看见原本应该在床上的小猫此刻正在床头柜的抽屉里蹦跶，把里面他们俩平时用的那些东西全弄乱了。

小猫的个头太小了，跳进抽屉就蹦不出来了，急得一个劲地"喵喵喵"。

傅识舟心累地看他一眼，把抽屉里可能伤着小猫的东西都给拿出来，然后说："乔落，你再淘气我就把你关在这里。"

抽屉里的小猫不蹦跶了，委屈地把下巴抵在抽屉边缘，发出了一声可怜兮兮而又满是控诉的"喵"。

他这是不高兴了，翻译一下就是"你凶我"。

醒来还不到一个小时，傅识舟就莫名其妙能听懂"猫语"了，他没办法地把小猫从抽屉里抱出来，叹了口气，说："我没有。"

小猫手脚并用，死死抱住傅识舟的胳膊，"喵"了一声，然后回头看看傅识舟的脸色，心满意足地想，就这样把自己挂在傅识舟身上好了，当个名副其实的小挂件。

傅识舟想了想，小崽子一觉醒来发现自己变成了一只毫无自卫能力的奶猫，肯定是要害怕的，这种时候当然要找自己最信赖的哥哥保护自己了。

于是，傅识舟理解了小崽子的不安，叹了口气，捏捏小猫咪的后脖颈，说："好啦。"

4.

不是周末，傅识舟还要上班。

不过乔落变成了一只猫，上班是别想了，傅识舟只能请了假老实在家待着。

他趴床上等傅识舟换衣服，和以前等傅识舟一起出门的时候一样，暂时都没有想到如果自己变不回人了要怎么办。

没关系，反正有舟舟哥哥在呢。

乔落没事做，看了一会儿自己的小猫爪子，就开始晃自己的尾巴玩，不过只玩了一会儿就开始觉得无聊了。

小猫咪玩不了手机，更玩不了游戏机，待在家里怕是只能睡觉发呆，乔落不想一个人……一只猫被扔在家里。

他"喵"了一声，想提要求跟傅识舟一起去他公司。

想到今天早上他舟舟哥哥和他的沟通表现，乔落又怕傅识舟领悟不了他的意思，认真思考了一会儿，想起床头柜里应该是放着纸和笔的，于是打算给傅识舟留张字条。

他颤颤巍巍地挪到床边，晃悠着小短腿扒拉床头柜。

然而，接下来发生了意外事故——他虽然成功地打开了抽屉，也找到了纸和笔，但是跳进抽屉里以后才惊觉自己太小了，跳不出来了。

字条是没写成，但小挂件终于又挂在傅识舟身上了。

这种感觉很熟悉，乔落是老挂件了，小时候一天能在傅识舟身上挂俩小时。

那个时候傅识舟脸会很臭，明显不情愿。但他扒拉两下不能把乔落扒拉下去，也就只好认了。

反正乔落不重，也不会给他捣乱，他只要默认就算小挂件在自己身边，他也可以完全不被打扰地写作业、看课外书，也就没关系了。

不过后来乔落长大了，挂不上了，就只能当小尾巴了。

所以现在，乔落觉得自己变成了一只小猫也挺好。

他仍旧和小时候一样，傅识舟不搭理他的时候，他能闹翻天。

傅识舟安抚他一下，他就能立即被顺毛。

傅识舟拿他没什么办法，只好放弃穿衬衣的打算，换了件卫衣套上，把乔落塞到帽子里。

乔落终于老实了，安安分分地待着。

因为他感觉自己虽然变成了一只很小很小的奶猫，但是不知道重不重，怕瞎闹会勒着傅识舟。

他在傅识舟帽子里团成一个小毛球，被傅识舟衣服上熟悉的味道安抚了。

他感觉到傅识舟在收拾文件，然后听见傅识舟拿钥匙的声音，就"喵"了一声，想问傅识舟要去哪里。

傅识舟隔着帽子拍拍他，声音里带笑，说："娇气包，天天赖床，舟舟哥哥今天带你出去吃早饭。"

哦，出去吃早饭。

其实去哪里都无所谓，乔落打了个哈欠，懒懒地闭了眼，开始睡回笼觉，哼哼唧唧又黏黏糊糊地敷衍着"喵"了一声。

不管舟舟哥哥去哪里，只要带着落落就好啦。

5.

他们搬来这个小区住了有一段时间了，邻居们都知道这户人家的小乔刚毕业没多久，在他哥哥家蹭住。

张阿姨住在他们楼上，老伴还没退休，儿女又都已经成家，她平时无聊的时候就在楼下小公园散散步、打打牌。

张阿姨跟乔落和傅识舟两兄弟很熟，尤其喜欢乔落，做了什么好吃的都要给乔落送一份。

这天，傅识舟锁好门进电梯，正好遇见了张阿姨。

张阿姨很热情，跟傅识舟打招呼："小傅去上班呀？"

傅识舟应了一声"是"，张阿姨又说："我之前给你介绍的女孩，你觉得怎么样？"

张阿姨热心肠，爱张罗这些小年轻的事情，小区里还真给她张罗成了两三对。这几个月，她把目标对准了傅识舟。

傅识舟还没回答，帽子里的小猫先钻了出来，趴在傅识舟肩膀上，委委屈屈地"喵"了一声。

傅识舟被他吓了一跳。

刚刚做猫还不到俩小时的人也不知道哪里来这么大的胆子，按比例换算一下，乔落相当于爬了一棵十几米高的大树。

傅识舟生怕小猫崽子抓不稳当，从他肩头掉下去，赶紧用手做出要接住小猫的姿势，说："乔……糯米球，回帽子里去。"

然而小猫拱拱他的颈窝，趴在那儿不肯动了。

小猫撒娇撒得张阿姨都看出来了，笑着说："这猫还会撒娇，真可爱。"

傅识舟内敛地笑了笑，赞同道："他是很可爱，又黏人又爱撒娇，我真拿他没办法。"

张阿姨伸手摸了摸小猫的毛，又说："你们小年轻现在都喜欢这些猫猫狗狗的，养得也精致，叫什么……毛孩子？把他们当孩子养啦！"

傅识舟想，别人家是怎么养孩子的他不知道，但他家这个小糯米球是真的得当孩子宠着。

他也揉了揉小猫的头，意有所指地说："也差不多了，从小养到大。"

电梯到了楼下，张阿姨跟着傅识舟一起往外走，又说："我跟你提过的那个姑娘也养了一只猫，小傅，你们见见面？"

肩头的小猫灵活地躲开了张阿姨又要揉他脑袋的手，就差抬爪挠人了。

傅识舟赶紧制止，抬手按住小猫跃跃欲试的小爪子，灵机一动，说："谢谢张阿姨，还是别了，我有对象。"

他又说："这不，猫就是我对象的。"

张阿姨诧异了一下，很快反应过来："哦哟，真是不好意思咯。"

单元楼外头有张阿姨的伙伴在等她一块去打牌，张阿姨跟傅识舟道别："那阿姨先走了哈，人家还在等我呢。回头你让小乔去我那儿吃西瓜，刚摘的，可新鲜了。"

傅识舟笑着应下，等张阿姨走远了，才把肩头的小猫抱下来，手指碰碰他的小脑袋，逗他说："我们落落现在可吃不了西瓜。"

6.

在傅识舟身边，入睡总是非常容易。

乔落今天起得太早，已经开始犯困了，就窝在傅识舟帽子里睡回笼觉。

他在帽子里睡得迷迷瞪瞪，都快忘了自己现在是只猫了。他恍恍惚惚听见张阿姨的声音，第一反应是要跟人家问好。

然而，他后知后觉想起来他已经变成了一只小猫咪，就又窝了回去。

藏在帽子里听别人聊天，这种体验相当新奇。乔落心不在焉地边听边玩，越听越觉得不太对劲，张阿姨好像是要给傅识舟介绍对象。

乔落一下子就精神了，也不怕勒着傅识舟了，飞快地从帽子里爬出来，"喵"了一声表示反对。

宠物也是家庭成员之一，所以反对有效。

乔落肆无忌惮地趴在傅识舟的肩膀上，一点儿也不怕自己掉下去。

他们一起爬山坐缆车的时候他都没有怕过，反正有他舟舟哥哥在呢，才不会让他摔下去。

乔落对傅识舟永远有着盲目的信任。

他有点饿了，又不愿意听张阿姨给傅识舟介绍对象，就仗着自己变成了一只奶猫，肆无忌惮地撒娇，嚣张地"卖萌"。

他用前爪的肉垫碰了傅识舟一下，歪着脑袋蹭蹭，又奶里奶气地"喵"了一声。

张阿姨热心肠，但绝对拎得清，不管傅识舟是不是真的有对象了，反正人家是拒绝她牵线的意思。于是，她很干脆地换了话题，邀请乔落去她家吃西瓜。

然而，小猫咪当然不能吃西瓜。

大夏天不能吃冰镇西瓜可太惨了，乔落感受到了这个世界对小猫咪的恶意，相当委屈。

他委屈了是要撒娇的，就拱了拱傅识舟的胳膊，等傅识舟伸手碰他的小脑袋，他就开始蹭傅识舟的掌心。

他用小舌头舔了舔傅识舟的指尖，又"喵"了一声。

这意思很明显：舟舟哥哥，你哄哄我。

这套路傅识舟熟得很，他没办法地把小不点举到和自己平视的高度，说："你乖一点。"

乔落委屈巴巴地"哦"了一声，可发出来的声音还是细声细气的"喵"。

傅识舟的心就又软成了一摊水。

这简直太犯规了，小崽子撒娇的本事本就炉火纯青，现在他还变成了一只奶里奶气的小猫崽，毛茸茸软乎乎的，细声细气地"喵"一声，这谁扛得住？

反正傅识舟扛不住。

他用指腹揉了揉小猫柔软的肚子，问："真生气啦？"

乔落一脸委屈，用小猫黑亮的眼睛看着傅识舟，用眼神控诉傅识舟欺负他不能说话。

小奶猫的眼睛看上去总是湿漉漉的，更显委屈。

傅识舟好笑地看着他，又问："生气了还理我吗？"

乔落想了一会儿，往傅识舟手上一趴，软乎乎地"喵"了一声。

他心道：理……理的吧。

7.

乔落挑食，这毛病多多少少是被傅识舟惯出来的。

反正他不爱吃的东西都能扔到傅识舟碗里，从小到大，这么多年过去，傅识舟没少吃他的剩饭剩菜。

但是现在，他没得挑了。

傅识舟虽然没有养过猫，也没有多少养猫的常识，但他是"学霸"，学习能力是一等一的。

他用手机搜了没多久，就掌握了饲养奶猫的基本守则。

他抚了抚小猫软乎乎的毛，说："走吧，带你去买奶。"

附近的早餐店和便利店都没有不含乳糖的奶制品可以买，傅识舟只好开车去远一点的大型超市。

副驾驶座上还放着一大捧花没来得及处理，昨天傅识舟开车去接乔落回家，这捧花是乔落演出结束的时候粉丝送他的。

乔落毕业之后在一家艺术团上班，接一些演出的工作，不忙的时候兼职做舞蹈老师，带几个高中艺考生。

他上起课来有模有样，看着挺严肃的，只有一到家才暴露本性，瘫软倒在沙发上娇气地哼唧："舟舟哥哥，累死我了。"

傅识舟给他倒杯水递过去，无奈地道："别撒娇，都多大的人了。"

结果才过了一个晚上，乔落就变成小猫咪了，才几个月大，拥有十足的撒娇底气。

给小猫买了牛奶，傅识舟顺便给自己买了个面包，凑合着当早饭。

然而这时，一直安安稳稳地趴在他怀里的小猫又不干了，用小爪子扒拉他手里的面包包装袋，下爪没轻没重，差点把包装给划破了。

傅识舟习惯了乔落闹他，训人的口气也相当自然："你又闹什么？"

小猫看着那个面包，"喵"了一声。

傅识舟欺负小猫腿短，把面包拿远了一点。小猫一点儿也够不到了，只能急得"喵喵"乱叫。

已经快到上班的点了，路上要是再堵一堵，妥妥地迟到。

傅识舟就算是公司的合伙人，那也得以身作则，拿着面包和奶往收银台走，对怀里的小猫说："你不能吃这个，听话。"

想着变成小猫之后小崽子连个面包都不能吃，怪可怜的，傅识舟的语气就又放软了："谁让你是只小猫咪呢？回头乱吃东西生病了，自己难受，又得闹我。"

小猫的意思被误解了，乔落急得"喵喵"的声音都变了。

然而，他还是没能阻止傅识舟去收银台。

超市这个点也刚开始营业，工作日的早上，大家都在匆匆忙忙地赶路上班，结账的人零零散散，大多是赶早市买新鲜蔬菜的爷爷奶奶。

小猫被迫跟着站在收银台前，不怎么有劲的后腿动了动，跳到了收银台上，把收银员小姐姐吓了一跳。

小姐姐道："哎呀！"

但小猫仗着自己长得可爱，无法无天，冲着小姐姐"喵"了一声，就得到了人家一句"好可爱"的评价。

傅识舟没来得及抓住他，只好对收银员说："不好意思啊，他今天也不知道怎么回事，特别淘气。"

然而，小猫还没有"淘气"够。

他走路都还不太稳当，"吭哧吭哧"爬到收银台后面一点的位置，叼住后面一位奶奶买的一袋速冻小馄饨拖到了傅识舟跟前："喵！"

8.

乔落完全不知道，原来他偶尔去外地演出的时候，傅识舟都是这么糊弄着过日子的。

他在家的时候，傅识舟每天早上都会给他买好早餐放桌上，等他起床早餐都还是热乎的。他被照顾得理所当然，就觉得反正舟舟哥哥也是要吃早餐的，只是顺便帮他买一下。

他没想到，他不在家的时候傅识舟根本就不好好吃早餐，啃个面包就把自己打发了。

这怎么行！

乔落心疼坏了，像是闹起脾气来，开始针对那个看上去就不怎么好吃的面包。

然而小猫咪不能说话，一人一猫沟通失败。乔落闹腾到最后也没能制止傅识舟，还是被傅识舟抱去收银台排队了。

　　结账的时候，乔落还在不高兴，气傅识舟不知道心疼自己。

　　乔落一回头，看见一位奶奶手里拿了一袋速冻小馄饨，于是他就冲了。

　　其实乔落从来没有这么不礼貌过，但事急从权，小猫咪就是调皮不懂事，能有什么坏心思呢？

　　他叼着那袋小馄饨，平时拿起来不怎么当回事的一小袋东西现在叼起来却相当费力。乔落简直累得够呛，趴在收银台上，冲着傅识舟"喵喵"叫。

　　傅识舟当然也了解他们家小崽子，知道他不可能因为变成了猫就性情大变，琢磨了一下，终于回过味来，问："你让我吃这个？"

　　乔落对他舟舟哥哥的理解能力表示非常满意，全靠后腿立了起来，小爪子抱在胸前，"喵"了一声。

　　傅识舟捏着他的后颈肉把他抱回来，哄道："就算时间来不及了，你也不能抢人家的东西啊。"

　　乔落心想：谁让你和我没有默契的，我都"喵"了半天，你还不明白。

　　他委屈巴巴地趴在傅识舟掌心里，可怜兮兮地哼唧了两声，不大乐意了。

排队结账的人都被逗笑了，还有人举着手机给"成了精"的小猫咪拍照录像。

被抢了馄饨的那个奶奶大概也是个爱猫人士，很温柔地摸了摸猫猫的背，对傅识舟说："馄饨你拿着吧，小年轻就是不知道爱惜自己的身体，吃点饼干、面包就当饭了。看看，连你家猫都看不下去了。"

最后，傅识舟只好跟人家道了谢，把那袋馄饨也扫码付了款。

出了超市上了车，乔落被傅识舟放在副驾驶座上，车里常备着的那条毯子现在团成了一团，用来给他当窝了。

乔落趴在里面，后知后觉地去看傅识舟的脸色。

他有点心虚，怕傅识舟被他惹生气了，毕竟刚刚他又闹了。

乔落"喵喵"了两声，试图吸引傅识舟的注意力。

傅识舟还得翻译猫言猫语，看乔落那胆小的样子，好笑地问："现在知道心虚啦？"

乔落可怜兮兮地"喵"了一声。

他试探着，一点一点地将自己的前爪朝着傅识舟的方向伸出去，睁着圆溜溜的眼睛望着傅识舟。

傅识舟又把他的小爪子塞回毯子里，确认他不会从副驾驶座掉下去，才一边发动车子一边说："行啦，别装乖了。"

乔落借机用脑袋蹭了一下傅识舟的手掌心，撒娇似的"喵呜"了一声。

他的意思是：我是真的乖！

9.

小馄饨到底还是没吃成。

傅识舟他们公司虽然氛围轻松和谐，但也没好到会在茶水间给员工准备电煮锅的地步。

不过傅识舟也没继续用面包和白开水糊弄自己，他到了公司之后，在楼下的便利店买了一杯粥、两个包子和一个茶叶蛋。

等店员用袋子把东西装好递给他，他就在小猫眼前晃了晃袋子，说："包子是一个素馅、一个肉馅的，满意了吗？"

巴掌大的小猫在他脚边越发显得小小一团，小猫抬起一只爪子挠了挠他的裤脚，"喵"了一声，眼睛都眯了起来，估计是满意了。

傅识舟一只手提着在超市买的东西，一只手拿着在便利店买的早餐，帽兜里还趴着一只小猫咪，踩着打卡的点进了办公室。

郁子恒来得早，正端着一杯咖啡打哈欠。一个哈欠没打完，他就看见傅识舟推门进来，肩膀上……肩膀上趴着一只小奶猫？！

郁子恒顿时不困了，惊讶道："老傅，你们家养猫了？之前你不是说除了小尾巴之外别的生物你都不养吗？"

肩头的小猫立即兴奋了，差点踩空摔下去，还好傅识舟眼明手快接住了。

他一边用手指轻轻戳小猫的额头，一边回郁子恒："没办法，这只长得可爱。"

可爱的小猫在傅识舟掌心晃了晃尾巴，可可爱爱地"喵"了一声，又歪着头看向郁子恒。

郁子恒喝咖啡毫无情调可言，完全就是灌下去的。

他一口闷掉杯子里的咖啡，走到傅识舟跟前撸了一把小猫的脑袋，说："是挺可爱的，哪儿买的？我也买一只去。"

傅识舟极其小气，把小猫抱到自己的办公桌那边去，隔开郁子恒的"咸猪手"，说："买不到了，仅此一只。"

也不知道这家伙哪来的炫耀劲儿，郁子恒跟看神经病似的看了傅识舟一眼，说："你又加班加出毛病来了？"

傅识舟没搭理他，按了电脑的开机键，等开机的工夫去倒了温水，给小猫泡了一小碗羊奶粉。

小猫瘫在办公桌的茶杯垫上，四脚朝天，露出柔软的小肚皮。

他看着傅识舟把盛着奶粉的小碗拿过来，不肯动弹，撒娇似的"喵喵"叫着，小尾巴晃来晃去。

这耍赖的姿势极其眼熟，傅识舟往办公桌前一坐，伸手把小猫扒拉回来，说："自己吃。"

小猫一屁股坐在他的电脑键盘旁边，开始一下一下地叫："喵……喵？喵呜……"

小猫叫到第四声的时候，傅识舟没办法了，伸手端起小碗凑到小猫嘴边，说："喂小猫喝奶要用针管的，这里没有，再闹你就要饿肚子了。"

小猫见好就收，软绵绵地"喵"了一声，才低头开始喝奶。

浅底的碗里奶粉并不算多，但小猫喝奶的动作实在不熟练，一小半都拱到了自己脸上和傅识舟的手上，吃完饭像是用奶洗了一次脸，湿漉漉的。

这张办公桌也遭了殃，奶粉溅得哪里都有，乱七八糟的，差点波及文件夹。

然而，始作俑者还可怜又无辜地往傅识舟手心钻："喵……"

傅识舟没脾气了，手指弹了小猫乔落的脑门一下，把他拎到茶水间去擦脸洗手了。

傅识舟琢磨着自己可能真的要去买个奶瓶，乔落这么娇气，可不能饿着。

264

刚认识乔落那会儿，傅识舟已经上幼儿园了，没见过咬奶瓶的奶娃娃乔落，这下可是要给他补上了。

10.

乔落想起了小时候被傅识舟扒干净了扔进浴缸里的恐惧。

小猫咪毫无反抗之力，万一舟舟哥哥又把他扔到洗手池里，他可能爬都爬不出来。

乔落被傅识舟拎着后脖颈，终于乖了，相当老实地缩起四只小爪子，晃晃悠悠地假装自己是个猫猫挂件。

傅识舟把他放在茶水间的操作台上，去柜子里翻出一次性软毛巾。

乔落就缩在那儿小声叫唤："喵喵。"

他在"卖萌"，想哄哄傅识舟，让傅识舟不要因为生气把他扔在这儿。

然而，这是刚上班的时间，茶水间有好几个人在泡咖啡，有两个女生一下就被小猫的叫声吸引了注意力："呀！猫猫！"

不到半个小时，傅总今儿穿了身休闲装还带了只奶猫来上班的消息就传遍了整个工作室。

他们公司氛围融洽，没什么上下级的概念，傅识舟平时更是没有领导的架子，同事之间关系非常和谐。

于是，上午的茶歇时间，就有好几个妹子来敲傅识舟办公室的门。

几个人也不知道从哪里找来了逗猫绳和激光笔，围着乔落这只奶猫疯狂"吸猫"。

按理说没有小猫咪不会对激光笔有反应，然而傅识舟家的这只猫猫只是长得可爱，实际上和他们傅总一样高冷。

她们围着逗了半天，小猫连脑袋都没动一下。

傅识舟远远地看了几分钟，停下手里的工作，出声喊道："糯米球。"

懒洋洋地趴在沙发上的小猫立即有了反应，从沙发上爬起来，冲着傅识舟的方向叫："喵！"

听声音，小猫有点委屈。

乔落只是变成了小猫咪，又不是真的小猫咪，当然不会对激光笔有什么兴趣。

可他舟舟哥哥把他从茶水间抱回来之后就不理他了，他好无聊啊。

乔落小时候跟着傅识舟去参加小聚会就是这样，舟舟哥哥和他的朋友们讲一些乔落听不太懂的话题，乔落在一旁无聊得快要长蘑菇了，也不敢闹，生怕下一次傅识舟就不带自己了。

怎么他变成猫猫了还是这种待遇啊！

猫猫乔落趴在沙发上，思考了一会儿，得出结论——这件事一定要怪郁子恒，当时和现在，郁子恒都在现场。

傅识舟处理完一份比较要紧的文件，走过去把小猫抱起来，说："大家散了散了，一会儿要把我们家糯米球吓到了。"

乔落被抱起来心情就好了，耀武扬威地在傅识舟掌心蹲着，小尾巴晃来晃去。

妹子们就没见过能这样区别对待主人和其他人的小猫，笑着评价小猫要成精了，然后才纷纷跑回工位继续工作。

傅识舟的办公室里就剩下一人一猫，乔落使劲撒娇，收起爪子上的指甲，用肉垫使劲踩傅识舟的掌心，控诉他刚刚不理自己的行为。

小毛球似的一只小猫，明明可爱得够呛，却自以为很凶。

傅识舟被他萌得心都要化了，用指尖挠挠他的下巴，说："我刚刚在忙。"

乔落心想：别人家的小猫咪都是铲屎官追着撸，没见过像你这样不理小猫咪的。

于是，他也不搭理傅识舟，小肉垫继续踩踩踩，原地表演猫猫生气。

傅识舟只好把他带回工位，放在腿上。

刚刚对逗猫绳不理不睬的小猫咪现在蹦跶着咬起了傅识舟卫衣帽子上的绳子，疯狂吸引傅识舟的注意力，还发出相当委屈的"喵喵"声。

乔落心道：变成小猫咪了好无聊，舟舟哥哥也不理我，委屈。

11.

乔落的工作时间是弹性的，有时候他闲下来无事可做，也不是没缠着傅识舟来过这个办公室。不过，那个时候人形乔落一般都是趴在旁边的沙发上打游戏，不太缠人。

这回不一样，估计是他真的太无聊了。

傅识舟怕他从自己腿上掉下去，就又把小猫捧回办公桌上，跟他商量："我给你找部电影看，你乖一点行不行？"

小猫"喵"一声，蹲坐在了办公桌上，应该是对这个方案满意了。

傅识舟去拿平板和平板支架，想了想，又去沙发上把珊瑚绒的垫子拿过来。

他把办公桌原来放文件的地方空出来，放上平板，又把小猫放在垫子上。

小猫在软乎乎的垫子上趴得舒舒服服，傅识舟伸手来揉他小脑袋的时候，他乖乖蹭了蹭傅识舟的掌心，软绵绵地"喵"了一声。

268

小家伙闹腾够了，又来卖乖。

傅识舟好笑地拍了小猫一下，考虑到乔落在他跟前永远长不大，又嘱咐一句："你想做什么就叫我，不要自己乱动，从办公桌上掉下去就不好了，知不知道？"

小猫瘫软趴在毯子上，完全就是平时瘫软趴在家里沙发上的样子，"喵"了一声。

傅识舟这才安心，打开文件开始工作，觉得今天和平时有些不一样。

旁边放着电影，多少有点让他分心……

其实也不是，傅识舟并不是无法在嘈杂环境中专注起来的人，主要还是因为旁边多出来了一只小猫。

余光看到小猫的时候，傅识舟觉得自己的心变得非常柔软。

于是，他不由自主地工作一会儿就会看一眼旁边的小猫。

过了一会儿，他再看过去的时候，正好看见小猫用小爪子揉着脸，打了一个哈欠。

傅识舟想起乔落上高中的时候，成绩忽上忽下的小崽子每个寒暑假都要找他补习功课。然而小崽子没有哪次补习是真的认真学习的，一套卷子没做完就哈欠连天，撒娇耍赖地讲条件、要好处。

不过现在不一样了，乔落没了高考压力，想睡就睡吧。

傅识舟伸手将电影的音量调小一点，困得直点头的小猫还细声细气地"喵"了一声，完全是习惯性地撒娇。

　　傅识舟就摸了摸他的背，轻声说："乖。"

　　小猫蹭了蹭他的手指，歪着脑袋眨巴了几下眼睛。等傅识舟将目光转回电脑屏幕，他哼唧了一声，相当乖地又趴回去了。

　　电影的音量调小了，柔软的毯子又相当舒适，小猫没一会儿就蜷在垫子上睡着了。

　　小家伙睡相不好，四仰八叉，但就是可爱。

　　小猫的肚皮露出来，随着呼吸的节奏一起一伏，柔软而无害，是对周围环境绝对信赖的姿态。

　　傅识舟凑过去，将还在播放的电影点了暂停。

　　他想了想，没忍住，又连垫子带猫一起抱回了自己怀里。

　　小家伙睡得香甜，根本不知道被换了个地方，似乎是做了什么很好的梦，嘴巴动了动，发出细小的呼噜声。

　　傅识舟忍不住想，如果是睡着的人形乔落被换地方，就会迷迷瞪瞪地叫一声"舟舟哥哥"。

12.

　　傅识舟挑的那部电影乔落其实看过，有一次同事聚会，舞蹈团的十几个人买了团体票一起去看的。

但是他撒娇向来不过分，二十几岁的人了，也就是在他舟舟哥哥跟前才是长不大的样子，不会不讲道理，实际上还是很乖的。

　　他知道傅识舟也还要工作，就老老实实趴在垫子上二刷那部电影。

　　然而剧情流的电影二刷起来其实没什么意思，他完全知道剧情走向了，主角说了什么、做了什么都在他的意料之中，毫无紧张刺激感可言。

　　他早上起得太早了，这会儿困倦感慢慢涌上来，乔落有些走神，意识渐渐就迷离了。

　　傅识舟给他准备的垫子柔软舒适，办公室里的空调温度宜人，乔落歪着脑袋不怎么走心地看电影，没一会儿就睡死了。

　　他隐约觉得好像有人抱起了他，睡梦中的乔落早就把自己变成了小猫这事儿忘得一干二净，连眼睛都懒得睁开就陷入了又一次沉沉的睡眠中。

　　应该是他舟舟哥哥又把他抱上床了吧，有哥哥真好。

　　乔落睡得舒坦，最后是被饭菜的香味给馋醒的。

　　糖醋里脊、鱼香肉丝……

　　乔落一个骨碌爬起来，发现自己并不是在床上，而是趴在他舟舟哥哥的腿上。

意识清醒过来，乔落已经不会因为自己变成小猫这件事慌张了，乖乖巧巧地趴着，"喵呜"了两声来吸引傅识舟的注意力。

傅识舟怀里抱着一只睡着的奶猫，不敢有大的动作，午餐只好让郁子恒给他带盒饭。没想到乔落居然自己醒了，趴在他怀里睁着一双明亮的眼睛望着他。

傅识舟放下筷子，把小奶猫抱起来，问："睡饱了？"

乔落依赖地蹭了蹭傅识舟的掌心，望着桌子上的盒饭又"喵"了一声。

完蛋，傅识舟后知后觉地意识到，小猫咪不仅不能吃冰镇西瓜，还有很多东西都不能吃。

乔落自闭了。

傅识舟很快察觉到乔落的不对劲，憋着笑将盒饭往旁边推了推，安抚他说："食堂的饭菜不好吃，真的。"

乔落心道：不好吃你怎么还吃啊！就不能对自己好一点吗？！

乔落更自闭了。

变成猫半天时间之后，乔落终于觉察到做一只猫的不方便了。如果他现在可以讲话，就能让傅识舟跟他出去吃饭，他赚的钱虽然不多，但是也不算少，可以请傅识舟去贵一点的餐厅吃饭。

他想要变回去。

迟来的不知所措攫住了乔落的心，他不知道自己怎么就变成猫了，自然也不知道自己要怎么变回去，难道是睡一觉就会变身？可他刚刚明明已经睡了一觉啊。

乔落着急起来，看着傅识舟的眼神都变得湿漉漉的，一副要哭不哭的样子，可怜极了。

傅识舟心软成一摊水，被他闹得只能好声好气地哄："给你舔一下尝尝味道，但是你只能吐掉，不能真的吃下去，好不好？"

乔落心想：我才不是因为想吃好吃又不能吃的东西才这么难过好不好！

乔落抬起爪子拍掉傅识舟的手，委屈得"哇"的一声哭了出来。

13.

乔落有点蒙。

他不是应该在傅识舟的办公室吗？现在怎么……怎么又回到家里了？

他摸摸枕头和被子，没错，是家里的，还是之前他亲自在网上挑选的花样。

屋子的布置也没有错，柜子和吊灯都很熟悉，就是他们的小公寓。

乔落睁大眼睛坐起来，意识有一些错乱。等看见靠坐在旁边的傅识舟，他才意识到自己又变回人了。

不对，准确地说，他变成一只奶猫这件事只是他做的一个梦。

还好还好，乔落松了口气，赶紧叫傅识舟："舟舟哥哥，我做噩梦了……"

傅识舟好像也有些愣怔，听见动静回头看着乔落，轻轻"嗯"了一声，冲他招手："来。"

乔落蹭过去，小声说："我梦见自己变成了一只猫。"

傅识舟摸摸他细软的头发，说："我也梦见你变成了一只猫，不知道是什么品种，白色的毛，带一层金色，特别漂亮，但是非常娇气。"

有舟舟哥哥在身边，乔落原本不安的心就稳稳落地了。

他缓过来，听见傅识舟说他"娇气"非常不高兴："我才不娇气。"

傅识舟也从梦境中缓过神来，笑他："你怎么知道你不娇气？我醒来之前，梦里的小猫落落因为不能吃糖醋里脊馋得直哭，你说你娇不娇气？"

乔落听得睁大了眼睛，惊讶地说："我跟你做的好像是同样的梦！"

说完，他又反应过来，补充道："而且我不是因为馋糖醋里脊才哭的，是因为你说公司食堂的饭菜不好吃，我心疼你只能吃不好吃的饭菜才急哭了！"

很神奇，两个人竟然做了相同的梦。

傅识舟其实并不觉得这是一个噩梦，他一直都想让乔落变成小小一只，可以揣进口袋里，这样就风吹不到、雨淋不着了。只要有他在，就可以完完全全地把乔落保护得很好。

可是一想到小猫不能吃人类喜欢的各种食物，他又觉得有点可怜。

小崽子那么挑食，变成一只吃什么都只能由主人决定的猫猫的话，那的确是噩梦了。

傅识舟被自己的想法逗笑，像逗小猫一样挠挠乔落的下巴，听乔落在一旁碎碎念："我出去演出的时候你是不是都没好好吃饭？还说我不乖，我看你才最不乖！以后你要是再不好好吃饭，我就回家告诉爸爸、妈妈和傅爷爷，让他们批评你。

"还有，你有那么多事情要忙，怎么都不和我讲？我也可以学车呀，又不是不可以由我去接你下班。

"而且，我虽然不会做饭，但是可以给你买好消夜送过去呀。子恒哥都有人给他送好吃的，凭什么你没有？"

傅识舟终于忍不住，嘴角弯起来，打断乔落的话："乔儿，哥哥错了。"

难得傅识舟会认错，乔落的碎碎念一下子被打断，他很傻气地发出一声"啊"。

傅识舟摸摸他的小脸，下床的时候顺手蹲下帮他穿好拖鞋，然后对发傻的乔落说："今天晚上我下班的时候，给你带冰镇西瓜回家。"